囚縛花嫁

《序章》

等間隔で足元に設えられている間接照明からは、繊細な竹細工の照明器具に貼られた薄い和紙を透過した明かりが差している。ゆっくりとした足の運びに合わせて、サラサラと衣擦れの音のみが耳に届いた。

慎ましやかな光を反射する廊下を歩きながら、露骨にならないよう気をつけつつ周りに視線をさ迷わせた。

磨き抜かれた艶やかな床板、わずかな傷もシミや破れの一つもない襖、黒壇のような太い梁。

細部にまで手入れの行き届いた、見事な建物だ。門の外からの外観も文化財クラスだと思ったが、内部も予想以上のものだった。歴史を積み重ねたことによる重厚感を醸し出しつつ、決して古くさいとは感じさせない。

こうして廊下を歩いていても、品のない笑い声や話し声が襖越しに漏れ聞こえてくることはなかった。

それが客層のよさ故か、完璧に近い防音が施されているせいか、そもそも客自体が存在しないからなのか……はわからない。

都心部という立地にありながら『閑静《かんせい》』や『雅《みやび》』という表現がこれほど見合う空間は、そう数多くないだろう。

広大な庭に植えられた樹木が防音壁の役割を果たしているのか、幹線道路がすぐ傍を走っているはずなのに車の走行音も建物の内部には届かず、都内の一等地に位置するとは思えないほど静かだ。

時おり聞こえてくるのは、鹿嚇《ししおど》しの奏でるかすかな音。この廊下からは目にすることのできない場所に、坪庭が設えられているのだろうか。

政府高官や財界の重鎮クラスが顧客名簿に名を連ねると言われている、『紅華楼《こうかろう》』という料亭の名前だけは知っていたが、こうして実際に自分で訪れるのは初めてだった。経験不足の若輩者であることを理由に、こちらを訪れる祖父に同行することさえ許されていなかったのだ。

「こちらになります。お待ち合わせの方は、お着きになっていますので……」

上質な和装を身に纏った初老の女性に案内されたのは、長い廊下の最奥に位置する個室だった。

薄墨で描かれた繊細な襖絵を目にしながら、小さく息をつく。さり気なく腕時計に視線を落とし、密かに眉を寄せた。

待ち合わせに指定された時間の、十五分前だ。それなのに、既に待機されているとは思わなかった。

相手を待たせるなど、不覚を取ってしまった。祖父に知られたら、だからお前は未熟なのだと叱責されるに違いない。

「お連れ様、到着されました」

女性が室内に声をかけながら、襖に手をかける。音もなく細く開き、室内から漏れ出る光を視界の端に映しつつ視線を落とした。うつむいたことでほんの少しずれた眼鏡を、人差し指で押し上げる。

喉の奥がひりつくような渇きを感じて、こっそりと唾を飲んだ。

……緊張しているのだろうか。

日常生活においてプレッシャーを意識することなどなかったので、現状が自分自身でもよくわからない。

今日のコレは、慣れた接待ではないのだ。大袈裟なものではないのだから、単身で出向くように言われていても、こうして格式高い料亭に席を設けて女性と二人きりで顔合わせをすることの意味など決まっている。

「失礼します。狩野喬一《かのうきょういち》です」

室内に向かって頭を下げると、うっかり声が上擦らないよう細心の注意を払いながら抑えた調子で名乗った。

ゆっくりと顔を上げながら、広々とした室内にさり気なく視線を巡らせる。一番に、床の間に飾られた掛け軸や花器が目に入った。調度品すべてが上質かつ品のいいもので整えられた、落ち着きのある和空間だ。

「お待たせしまして、申し訳ござい……………ッ」

艶のある漆黒のテーブルを前に、鎮座している人影は一つ。

仲介者がいないことも意外だったけれど、なにより……自分を待ち構えていたその姿は予想外にも『男』のものだった。

驚きを表情には出さなかったつもりだが、続く言葉を切って息を呑んだ。

想定していなかった事態に直面したからといって、言葉を失うという自らの失態に臍《ほぞ》を噛む。

こちらの驚きに気づいているのか、気づいていないのか……わかっていながら無視しているのか、その人物は無言だ。

ただ、鋭い眼差しでこちらを見ている。足元から、頭の上まで。取り繕う様子もない不躾な視線は、観察されているみたいだ。

不快感は表さなかったつもりだが、喬一と視線が絡むと、男はほんのわずかに唇の端を吊り上げた。

「……俺は、御園有仁《みそのゆうじん》だ」

美しい所作で立ち上がりながら、低い声で簡潔に名乗る。

その声を耳にした途端、一歩足を踏み入れたきり立ち尽くしている足の裏から畳の冷たさが這い上がってくるみたいで……ゾクッとうなじが粟立った。

数メートル先で、真っ直ぐに背中を伸ばして立っている男は、生来のものとしか思えない『王者の風格』を全身に漂わせていた。野生動物にたとえるなら、ライオン……いや、しなやかかつ洗練された身のこなしは、どちらかと言えば豹だろうか。

表情を動かすことなく自分に向けられているのは、深い紺紫の瞳。

和風の空間を照らす、控え目な薄ぼんやりとした光であっても色を失うことのない、艶々とした漆黒の髪。

手足が長く、肩幅と身体の厚みがあり……頑健なようでいて、全身を包む筋肉は不自然なほど過剰なものではない。

この体躯のバランスは、レオナルド・ダ・ヴィンチがかの有名な図にて示した『黄金比』と言われるものに近いと……こうして少し離れた位置から衣服越しに眺めているだけでも、見事な身体つきを思い浮かべることができた。

縫製や生地の色艶からして質のよさが知れる深いオリーブグリーンのスーツは、テーラーが手塩にかけて仕立て上げた極上品なのだと容易に想像がつく。これだけの肢体を有する男は、既製品など袖を通すこともできないはずだ。

瞳の色彩や顔立ちからだけでなく、全身のバランスからも、アングロサクソンの血が混じっているに違いないと確信が持てる。それに、この視線の鋭さは狩猟民族を祖《そ》とする人種のものだ。

豹を連想した、第一印象そのものと言っていいかもしれない。

有無を言わさず他人に目を奪われるなど、生まれて初めてだった。舌が強張り、言葉も出ないほど気圧されるのも。

威風堂々とした、王者。

自分こそが、この男のように在りたかったのだと……突きつけられる。

敗北感……いや、劣等感と言ってもいい感情を、初対面で抱いてしまった。

そう認めることは精神的に屈服させられるのにも等しく、周囲から負け知らずと言われ続けて三十歳という年齢まで生きてきた自分にとって、なによりの屈辱だった。

旧家の長男として生を受け、物心つく前から将来的に人の上に立つ人間となるべく厳しい教育を施されてきた。

自らの感情で、直感的に物事を判断しない。

対峙している相手に感情を悟られないよう、喜怒哀楽を表さない。

常に冷静であれ。

思考を押し殺し、すべてを抑え込め。

家長の言葉には絶対服従、疑問を持つな。

自分に求められたのは、古《いにしえ》からの家名に傷をつけることのない『形代《かたしろ》』に等しい。

意見や意思など、必要とされない。大切なのは家格、そして決して他者に侮られることのない威厳と誇りだ。

ただ、周囲に言われるまま跡取りらしく振舞い、『狩野』という家のためにのみ生きていけばいいのだ……と。

露骨なほど、そう扱われてきた。だから、自分はそうであるべきだと信じて疑わなかった。

いずれは、狩野家にとって相応しい由々しき家柄の婦女と婚姻を結ぶ。両家の利害関係の一致を考慮してお膳立てされた、俗に言う政略結婚だろう。

そうして『狩野』の家系を守り、古からの血が滞りなく受け継がれていくようにすることも自分に課された役割の一つだ。

誰も、『狩野喬一』という個人など認識することはない。

自分の意思など必要とされない。

ただ単に、『狩野』の跡取りとしてしか存在意義がないのだと……そのことに、疑問を持ったこともなかった。

突如、自分のすべてである『狩野の跡取り』の座を取り上げられるまでは。

どれくらいの時間、互いに言葉もなく値踏みをし合っているに等しい視線を交わしていただろうか。

「狩野喬一。噂は方々から耳に入っていたが……ふ、ん」

クッと唇の端を吊り上げて酷薄な笑みを浮かべた男は、自分に関する『噂』を匂わせることで、すべてを知っているのだと言葉ではなく示してくる。

カーッと身体の奥底から湧き上がったのは、恥辱を受けたことによる怒りだった。けれど、憤りを表すことはできない。

その『噂』を知っているくせに。跡取りとしての座から下ろされたと、わかっているくせに。

今が初対面なのだから、まさか、失脚した自分を嘲笑《あざわら》うためにこのような料亭にわざわざ席を設けたわけではないだろう。

こうして、呼び出つける理由はなんだ?

待ち構えていたのが当初予想していた人物ではなかったことで、『御園』の目的を完全に見失ってしまった。

相手の思惑がわからないが故に、どんな態度を取ればいいのか迷うばかりで。

喬一は極力ポーカーフェイスを保ったまま、紺紫の瞳を静かに睨み返した。

《一》

真っ直ぐに背筋を伸ばして、大股で廊下を歩く。

前方からこちらへ向かってくる社員たちは、喬一とすれ違う際に会釈や目礼を欠かさない。

喬一は、そのひとりひとりに、威圧感を与えるべく意図的に鷹揚な仕草でうなずいた。

五年後か……十年後か。

さほど遠くない将来、自分がこの社の代表に納まるという認識から、彼らは頭を垂れるのだ。その肩書きに対する義務と謙譲であり、喬一個人を敬って頭を下げ、遜《へりくだ》っているわけではない。

自分が、『狩野』の跡取りの座から退いたことを知れば、きっと見向きもしなくなるだろう。

そんな自虐的とも言える自らの思考に、皮肉を含む自嘲の笑みが浮かぶ。

「おや、お兄チャン」

前から歩いてきた男が、右手を上げて笑いかけてきた。

二つ年下の弟である雅次《まさつぐ》は、自分にこうして社内で軽く話しかけてくる唯一の人間と言ってもいい。

足を止めた喬一は、眉を寄せて雅次を睨みつける。

「……会社でふざけた呼び方をするな、雅次」

薄い眼鏡越しのこの視線は、血が通っていないのではないかと思うほど冷たい印象を相手に与える……らしい。社員たちのあいだで交わされている陰口は、喬一自身の耳にも届いている。

そうして目を眇めて発言を咎めても、雅次には通用しないようだ。笑みを消すことなく、言葉を続ける。

「えー？　そう言ってもさぁ、家だろうが会社だろうが、お兄チャンであることには変わりないじゃんか」

「確かに、俺……私がおまえの兄であることは、場所がどこであろうと事実だし変わりない。だが、ＴＰＯは弁《わきま》えろ」

能天気としか言いようのない雅次につられて、社内であるにもかかわらず『俺』と口にしてしまった。

喬一は迂闊な自分を忌々しく思いながら、低く舌打ちをして言い直す。

「はーい、俺が悪うございました。……相変わらずお硬いなぁ」

軽い口調からは、まったく反省の色が窺えない。

ふざけた返答を口にした雅次を、鋭さを増した視線で睨みつける。

雅次は、「ゴメンって」とつぶやき、ようやく笑みを消して喬一から目を逸らした。その直後、「あ」と口を開く。

今度は、なにを言い出すのかと思えば……。

「そういや、爺さん……じゃなくて会長さんが、専務をお呼びなんだった。御大《おんたい》がわざわざ社に出向くなんて、珍しーよなぁ」

「……っ、そういうことは早く言え」

緊張感というものが欠けている弟に苛立ち、グッと眉を寄せる。低く叱責した喬一に、雅次は飄々とした顔で、

「だからぁ、今言ってるじゃん」

と、悪びれる様子もなく口にした。

それでも一応……軽く言っているようでありながら、喬一と目を合わせようとしないあたりから察するに、少しは自分に非があると感じているのかもしれない。

狩野家の当主であり、自分や雅次も籍を置く巨大企業である『狩野グループ』のトップに君臨する祖父は、絶対的な存在だ。

孫である自分たちであろうと、逆らうことは許されない。理屈ではなく……産まれた時から、そう刷り込まれている。当然、雅次も祖父の有する権力を嫌と言うほどわかっているはずだ。

「どこだ」

「シャチョー室」

短く尋ねた喬一に、雅次は自分肩越しに背後を指差した。大きくうなずいた喬一は、その場に雅次を残して大股で歩を進める。

本来、祖父から『狩野グループ』を受け継ぐはずだった長男の父が不慮の事故で鬼籍に入っている今は、叔父が暫定的に社長の座についている。隠居後は名ばかりの会長として経営から退いているようでいて、実質的に『狩野グループ』を牛耳《ぎゅうじ》っているのは現在でも祖父だということは、暗黙の了解だ。

社長室の扉の前で足を止めた喬一は、深呼吸を繰り返して上がりかけていた心拍数を整えた。

身内といっても、祖父の前に立つ際に油断は禁物だ。経営の師であり、雇い主でもあり……甘えを持ち込むことのできない関係なのだから。

スッと息を吸い込み、重厚なドアに拳を打ちつけた。

「失礼します。お呼びだと聞いて参りましたが」

声をかけて応対を待っていると、内側から静かに扉が開かれた。祖父の秘書である、宗《そう》田《だ》が顔を覗かせる。

喬一と目を合わせて、

「お入りになってください」

抑揚のない声でそれだけ口にすると、喬一と入れ違いに廊下へと出た。相変わらず、慇懃無礼の一歩手前といった態度だ。

尤も、二ヶ月ほど前までは『狩野』の後継者である喬一を敬おうという姿勢が、今よりは見えていたのだが……。

「待っておったぞ。遅かったじゃないか、喬一」

応接セットのソファに腰を下ろした祖父が、顔をこちらに向けることもなく話しかけてきた。

窓を背にして置かれているどっしりとしたデスクに、この部屋の本来の主である叔父の姿はない。外に出ているよう、祖父から言いつけられているのだろうか。

「……申し訳ございません」

祖父を待たせたという事実の前では、雅次に責任を押しつける聞き苦しい言い訳は無用だ。

視線を落として淡々と謝罪のみを口にした喬一は、そっと扉を閉めて祖父が座しているソファの脇に歩み寄った。無言でテーブルを挟んだ向かい側を指されて、「失礼します」と腰を下ろす。

「些少の用があって、人と逢ってきた」

確かに……祖父は、外出着に身を包んでいる。それも、上質の大島紬《おおしまつむぎ》であることからして、相手は重要な人物だったのだろう。

「そうでしたか」

祖父は、経済界のみならず政界に対しても少なからず発言力がある。様々な陳情のためにあちらから自宅に訪れるならともかく、祖父が自ら出向いてまで逢おうとする相手というのは、さほど多くない。

喬一は怪訝な思いを表情に出さなかったはずだが、ジロリとこちらを見遣った祖父はかすかに目を細めた。

「なんのために……誰と逢っていたか。気になるか」

「私からお尋ねする気はありません」

祖父が必要であると判断したならば、そのことのみが告げられるだろう。こちらからの詮索は無用だ。

そう思いながら眼光鋭い祖父と視線を絡ませていると、喬一の様子を窺っていた祖父は不意に唇の端を吊り上げる。

「おまえに逢わせたい人物がいるそうだ。逢うか？」

「……はい」

誰が、なんの目的で。

当然の疑問は胸の奥に抑え込み、即答した。自分の意見など求められていないと、わかっている。

数時間後の帰宅を待たず、社内で呼びつけてまで祖父自らの口で告げられたということは、決定事項の通達だ。

「よろしい。相手は、御園家の者だ。……確かあそこには、十八になったばかりの娘がいたはずだ」

「わかりました」

続けられた言葉で、自分に課せられた責務も推測することができた。所謂《いわゆる》、見合いというやつだ。

それも、こうして祖父自身が出向いて話を取りつけ、自分に伝えたということは……ほぼ結果の決まったものに違いない。

喬一からの否《いな》など許されないものだ。

「どちらで？　日時はお決まりでしょうか」

喬一ができることと言えば、その『御園家の娘』と顔を合わせる場所と、日取りや時間の確認のみだ。

十八になったばかり……ということは、高校を卒業したところか。三十路《みそじ》の自分とは、一回りも離れている。

両家にどんな利害の一致があったのかは知らないが、その娘とやらも本人の意思とは無関係に家の駒とされるに違いない。恋愛というものに夢を持つこともなく、いずれは宛がわれた女性と一緒になるのだろうとある意味達観していた自分とは違い、若い娘であれば恋心を寄せる男がいる可能性もある。それでも、名家に生を受けた故に逃れられないのだろう。

……気の毒に。

「場所のみ決まっておるが、『紅華楼』だ」

「はい」

うなずいた喬一は、相手へ感じたわずかな同情を表情に出さないよう顔の筋肉を引き締めながら、スーツの内ポケットに入れてあった手帳を取り出した。

□　□　□

御園家の、娘……ではないのか？

室内に一歩足を踏み入れた状態で、言葉もなく立ち尽くしている喬一に、男は不遜な態度を崩すことなく口を開く。

「時間はたっぷりある。ひとまず、座ろうか」

御園と名乗ったからには、待ち合わせ相手として間違いではないはずだ。

どういうことだ？

確かに、御園家の娘『だろう』という曖昧な聞かされ方だった。でも、男が待ち構えているなど想定外だ。

そんな戸惑いは拭えなかったけれど、顔を合わせるなり尋ねることはできない。仕方なく足を運び、促されるまま座布団に腰を下ろした。

ここまで案内してくれた女将が、

「それでは、お酒とお料理のほうをご準備させていただきます」

それだけ言い残して下がると、十二畳はあろうかという部屋はシン……と静まり返った。

沈黙を気詰まりに感じるまでもなく、落ち着きのある低い声が話しかけてくる。

「異母兄弟である末弟に、お披露目の直前だった婚約者を寝取られた。しかも、後継者としてのイスまで奪われたというのは事実か」

男が発した唐突な言葉にピクッと頬を震わせた喬一は、極力ポーカーフェイスを保ったまま口を開いた。

「挨拶代わりのお言葉としては……随分と不躾ですね。御園有仁さん……でしたか。第一、貴方にお答えする義務などないはずですが」

「どうやら事実らしいな」

喬一は肯定も否定もしなかったのだが、御園は事実だと決めつけてククッと肩を震わせた。

面白がっていることを、隠そうともしない。むしろ、露骨に表している。

狩野家でなにが起こったかわかっていながら、わざわざ持ち出し……喬一がどんな反応を示すか試したのかもしれない。

そんな疑念が頭を過ぎったけれど、確証がないので言葉にすることはできなかった。

ただ、感情を押し殺しているつもりでも、喬一の『目』には不快感が滲んでいたのだろう。

「プライドをへし折られた気分はどうだ？」

御園は、黙っていれば極上の部類に入るノーブルな顔に、ニヤニヤと下品な笑みを浮かべて言葉を重ねる。

「なんのことをおっしゃっているのか、わかりかねます」

無視していられなくなった喬一は、淡々とした声で白《しら》を切った。

答えた直後に、挑発に乗せられるなど堪え性のないことだ……と、自身に対して憎々しい気分になる。

「そうか？　ま、そういうことにしておくしかないか」

わかっているのなら、わざわざ持ち出すな。性格の悪い男だ。

喬一は膝の上で拳を握り、能面のような無表情を保ったまま心の中でつぶやいた。

暗黙の了解としては広がっているかもしれないが、狩野家としてはまだ発表していないことだ。

対外的には、未だに喬一が後継者としてまかり通っている。

二ヶ月前まで、周囲はもちろん……喬一自身も、自分が狩野家の後継者であることを疑ったことなどなかった。長男として出生したからには当然だと、なに一つ疑問を抱かなかった。

異母弟である、三男の北斗《ほくと》。

資質もなければ『狩野』の名を名乗ることさえ図々しいと軽んじていた存在が、後継者として指名されるまでは。

指名したのは、家長である祖父ではない。狩野家において、重大な案件の最終的な決定権を握るのは、古くから『狩野』に仕える『術氏《じゅつし》』と呼ばれる存在なのだ。

透視や未来視、予知能力……力の強弱の差はあれど、俗に超能力と呼ばれるもので陰ながら代々の当主を支えてきた。彼女……時には彼の言葉に導かれて、狩野の家は成り立ってきたと言っても過言ではない。

外には具体的には知られていない存在だが、噂としては浸透している。傍から見れば馬鹿らしいと思われようが、狩野家に仕える『術氏』の宣託は絶対だ。逆らうことなど許されない。

考えようによっては、狩野家の実質的な支配者とも言えるかもしれない。

次期『術氏』は、本来自分の伴侶となるはずだった。正確には、『狩野家後継者』の伴侶として、現在の術氏に指名された。

ただ……三男の北斗が後継者となったからには、当然の如く、その『術氏』を伴侶とするのも北斗だ。

後継の座を降りることと、自らのものであることを当然として疑いもしなかった存在が腕からすり抜けていったこと。

どちらがより屈辱なのか、今となっては……どうでもいいことだ。

狩野を背負って立つ身として、習得しなければならないことや自分に課せられた役目は膨大で、脇見をすることなく全力で前に伸びる道を走り続けてきた。

突如その道が途切れ、暗闇に放り出されてしまった今は、自分がどちらを向いて進めばいいのかもわからない。

北斗や伴侶となるはずだった世浬《せり》を恨む気力もないし、誰に恨み言をぶつければいいのかさえ思い浮かばない。

ただひたすら、空虚な気分だ。厭世観というものが存在するなど、これまで考えたこともなかった。

いっそ、『狩野』という家を捨ててしまえたら楽になるか。

そんな思いが頭を過ぎったこともあるけれど、失脚したからといって尻尾を巻いて逃げ出すような行動は、自らのプライドが許さなかった。

今の喬一は、次期後継者となる北斗が『狩野』の名を背負うのに相応しい実績を積むまでの、言わば『繋ぎ』でしかない。北斗が、分家の者も含めた誰もが納得できるだけの存在になれば、その時点で取って代わられる。

現在の役割が終われば、自分はどうなるのか。どうすればいいのか。考えないようにしている。

「……失礼します」

襖の外から声がかけられて、数人の女性を伴った女将が入ってくる。テーブルの上に、酒や先付けが並べられた。

「とりあえず、食事だ。ここの酒や飯は絶品だ」

御園は、馴染んだ様子で、女将に「なぁ？」と話しかける。

女将は控え目な微笑を浮かべて、「光栄なお言葉ですね」と答えた。彼女からしてみれば孫ほどの年齢だと思うが、実に丁寧な扱いだ。

この男……御園有仁。

外見が日本人離れしているせいで正確なところはわからないけれど、自分とさほど変わらない年頃ではないだろうか。祖父曰く、「世間知らずな若輩」の年齢のはずだ。

喬一は、初めて足を踏み入れたこの『紅華楼』に……態度には出していないつもりだが、微塵も気後れしていないと言えば嘘になる。反してこの男は、場慣れを感じさせる堂々とした態度だ。女将とのやり取りからも、こうして訪れた回数が一度や二度ではないと想像がつく。

記憶を探っても、上流階級に属する同年代の男女が集まるパーティーや交流会で、これまで顔を合わせたことはないはずだ。

どれだけ人数がいようと、この手の男が交じっていれば間違いなく目立つはずだから、見落としているとも思えない。

……名前からしても、御園家の関係者であることは間違いない。しかし、何者だ？

「そう睨むな。ひとまず、腹ごしらえだ。苦手なものがあれば、言え。ピーマンやニンジンやシイタケは食えるか？」

「食べられないものはありませんね」

あからさまな挑発には、もう乗ってやる気はなかった。喬一が短く答えると、女将はうなずいて廊下に出て行く。

食欲など皆無に等しかったけれど、平常心を失っていると思われるのは癪《しゃく》だ。しかし、この男と酒を酌み交わすことを考えただけで胃が重くなる。

「ほら」

「……ありがとうございます。いただきます」

それでも、差し出された杯《さかずき》を拒むことなどできるわけもなく、極力視線を合わさずに済むよう繊細な切子細工に視線を落とした。


「さてと、腹も膨れたことだし……なんの話をしていたか」

細々とした器の並んでいたテーブルの上は綺麗に片付けられ、徳利や杯のみが残されている。

食事中も結構な量の酒を摂取しているはずだが、向かいに座っている男は顔色一つ変えていない。

なんの話……だと？

顔を合わせるなり侮辱された憶えしかない喬一は、ピクッと眉を震わせた。

「……私がお伺いしたいのは、こうして私が貴方とお逢いすることになった経緯と、その理由のみです」

暗《あん》に、世間話に興じる気などないと伝える。自分の役割を果たせば、早々に退席するつもりだ。

御園といえば、祖父曰く『戦争のどさくさに紛れて成り上がった成金』だ。家や企業としての歴史は浅く、大正の時代には『侯爵』を名乗っていた狩野にとっては新参者でしかない。

それでも、現代においては無視することのできない巨大企業であることは間違いないから、祖父はこうして喬一を寄越したのだろう。

「経緯と理由……か。おまえはなんのつもりだった？」

御園は喬一の質問に答えることなく、右手に杯を持ったまま片膝を立てる。嫌味なほど長い脚を、見せつけられているようだ。

不快感を露骨に表さないよう自制するのは、容易ではなかった。湧き上がりかけた苛立ちを辛うじて押し戻し、なんとか冷静な声で返す。

「……私は一切聞かされていませんでしたので、わかりかねます」

直後、御園はグッと眉を寄せて喬一を睨みつけてきた。

不機嫌を滲ませて、なにを言い出すのかと思えば……。

「チッ、堅っ苦しいな。そのカクカクとしたしゃべり方はよせ。だいたい、俺のほうが年下だろ」

年下、だと？

大して変わらない年齢だろうとは予想していたが、本人の口から聞かされると現実味がある。

細く息を吐いて波立ちかけた神経を落ち着けると、飄々とした澄まし顔の御園に聞き返した。

「……失礼ですが、おいくつですか」

「二十七。そっちは、三十になったところ……か」

尋ねるでも確認するでもなく、確証を持った言い方だ。喬一についての情報を掴んでいる、という牽制だろうか。

三つも年下だと知ったところで、ますます不遜な態度を取られることへの不愉快さが増した。

「日本じゃ、無礼講《ぶれいこう》……って言うのか？　ドイツでの生活が長いんで、日本語はあまり達者じゃないんだが……」

御園の自己申告に、喬一はかすかに眉を寄せる。

日本語は達者じゃないという割に、よく回る舌だ。

イントネーションや言葉の選び方にしても、本人が申告したような外国生活の長さを感じさせる違和感は皆無だった。

ただ、まぁ……日本人特有の奥床《おくゆか》しさは微塵もないし、他人との距離感の計り方についても下手なようだ。自身の性質なのか、育った環境のせいにしているのかは現段階では決め付けられないが。

喬一がそんな分析をしているあいだも、御園はマイペースで言葉を続ける。

「話を円滑に進めるには、ある程度打ち解けることも大切だろ。この場にいるのは、俺とおまえの二人だけだ。タメ口でしゃべろうが、フランス語でしゃべろうが、ワンワンニャーニャーと人外の言葉を使おうが、誰もなにも言わねぇよ。ジジイども相手には、そういうわけにはいかないからな。あいつらみんな、回りくどくグチグチと……。ここしばらくで、ストレスが溜まりまくりだ」

苦々しい表情と口調でそう言い放った御園をマジマジと眺めて、小さくうなずいた。

……なるほど。この、喬一から見れば破天荒な男でも、普段はＴＰＯを使い分けているらしい。

で、同世代の自分と接する時くらいは、互いに砕けた言動を望んでいる……というあたりか。

喬一としては歓迎できることではないけれど、もしかして『オトモダチ』に志願しようという目的で呼び出されたのかもしれない。

そう考えれば、不躾かつ無礼な態度も納得できなくはない。弟の雅次も、この手のタイプなのだ。

「わかりました。では、遠慮なく」

「そうそう。じゃ、そういうことで……飲め」

テーブル越しにガラスの徳利を差し向けられて、杯を手にする。

この男と『オトモダチ』になれるとは到底思えないが、正確な目的を知るまでは帰ることができない。一応、『狩野』の人間として赴いてきたのだ。

この期に及んで、家に縛られている自分が滑稽だった。杯の縁ギリギリで揺れる水面を見据え、注がれた酒を一息で喉に流す。

「つふ……」

カッと喉の粘膜が熱くなる。

今までは、唇を湿らす程度にチビチビと飲んでいた酒の味が舌に広がり、その甘さを素直に美味いと思えた。

他人と向かい合って酒を飲む機会は度々あったけれど、味を感じるのは随分と久し振りのような気がする。

「お、いい飲みっぷり。なんだ、飲めるんじゃねーか」

上機嫌な御園に笑いながら注ぎ足され、それも飲み干す。

御園がそういう態度を取るなら、遠慮など馬鹿らしい。開き直りに近い気分になり、正座を保っていた膝を崩した。

《二》

飲み口のいい日本酒に油断して、いつになく酒量が嵩《かさ》んでいる。

その自覚はあっても、自分と同じ……いや、それ以上に飲んでいながら平然としている御園に「そろそろ止めないか」と、こちらから言い出すことはできなかった。弱みを見せるのと同じだろう。

相手に悟られないよう微調整しつつ、無様に酒に飲まれないよう加減するのも酒席では基本であり大事なことなのだ。

新社会人ならともかく、指導する立場の年齢になってそれくらいのこともできないのかと、この男に嘲笑されるのは悔しい。

「喬一は、なんのつもりでここに来た？」

テーブル越しに聞こえてくる御園の声が、妙に遠くに感じる。図々しくも馴れ馴れしい呼び捨てを、咎める気力も無い。

これは、マズイかもしれない……。

そう、頭の片隅でわずかに残っている理性がつぶやいた。

「……御園の令嬢と、顔合わせするものだとばかり。あいだに複数の仲介者がいたようなので、歪曲して伝わったようだな」

大きく息をつき、なんとかポーカーフェイスを保ってポツリポツリと答える。

繕うことなく、やけにストレートな言葉を返してしまった。酔っている証明のようなものだ。

これまで喬一は、平均的な成人男性よりもアルコールの分解能力に長けているという自負があった。

誰かと酒を酌み交わしていても、相手が酔い潰れたことはあってもその逆はない。そのせいで、己の限界がどのあたりか知ることもなかった。

喬一自身に自覚はなかったが、沈黙や場の空気から逃れるように酒を口にするということ自体、経験のないことだ。

頭がぼんやりと霞み、首から上が熱っぽい。これは……やはり、酒量が限界に近いのだろう。

ふっと短く吐き出した息も、やたらと熱く感じた。

「御園の令嬢……ああ、凛華《りんか》か。あいつとの見合いだと思ってた……ってことか？　それじゃあ、襖を開けて俺がいたらビックリするよなぁ」

「……」

あからさまに面白がっている口調でそう言った御園に、喬一はなにも答えられない。無言で、ただ苦笑を浮かべた。

三十路の男が、若い娘との見合いだと浮かれてのこのこやって来た……。そんなふうに揶揄されている雰囲気ではないが、嘲笑《あざわら》われても仕方がない。

御園がどんな表情をしているのか確かめる気にもなれず、右手に持った小さな杯を手のひらに包み込んだ。

自分はここで、なにをやっているのだろう……。

ふと、今更ながらの疑問が湧いてくる。

「なんだ。それなら……」

「？」

スッと立ち上がった御園が、テーブルを回り込んで喬一の脇に歩を進めてきた。なにを思っての行動かわからない喬一は、無表情で御園を見上げる。

天井の照明を背にして立っている御園は、喬一と視線を絡ませてクッ……と唇の端を吊り上げた。

言葉を発するのかと思えば、一言もなくどっかりと隣に腰を下ろす。自然な仕草で自分に向かって伸びてくる大きな手を、視界の端に捉えた。

「せっかくだから、当初の目的を果たすか？　ただ、この場合……嫁となるのは喬一のほうだな」

低い声で口にしながらスルリと頬を撫でられて、目を見開く。

酒のせいで思考力が鈍くなった頭では、耳に入った御園の言葉の意味が浸透するのにやたらと時間がかかった。

当初の目的。嫁となるのは喬一。

ようやくなにを言われたのか理解した途端、ゾッと腕に鳥肌が立つ。

「なっ……ふざけるなっ」

もうポーカーフェイスを保っていられず、グッと眉を寄せて御園の手を振り払った。

ブラックジョークとしか思えない。

笑って巧みに受け流せない自分にも問題が有るのかもしれないが、それにしてもタチの悪い冗談だ。

御園は喬一に振り払われた右手をブラブラと振りながら、緊張感のない笑みを消すことなく言葉を重ねた。

「ん？　ふざけてなんかないぜ。……あんた、妙に色っぽい。清潔そうな顔で、ツンと澄ましててなぁ。酔っててもキッチリ締めたままのネクタイとか、堅苦しくて……逆に、乱れさせたくなる」

「……ッ！」

人差し指の先でネクタイのノット部分にトンと触れられて、思い切り身体を後ろに逃がした。

言葉もなく、つい先ほど襟元に伸ばされた長い指を睨みつける。

この男がなにを言っているのか、理解できない。それでも、なんとも形容し難い危機感に襲われたのだ。

常に冷静で、なにがあっても動じない。薄い眼鏡越しの視線が冷たくて、まるで血の通っていないマネキンのようだと社内で言われている自分らしくない、無様な動揺を晒している。

そうわかっているけれど、ジッとしていられなかった。

この男の目で見据えられたら……変に身体が強張る。檻などの隔たりのない場所で、肉食獣の前に突き出されてしまったかのようだ。

己が捕食される側だと、否応もなく突きつけられる。

ゆるく頭を振った喬一は、動揺を押し隠して御園から視線を逸らした。

「……酔っ払いが。特に用がないのなら、これで失礼する。わざわざ呼び出した用件を思い出したら、後日改めて席を設けてくれ」

気圧されていることなどおくびにも出さず、淡々とした声で言い捨てられたはずだ。目を合わせることなく、畳に手をついて立ち上がろうとしたところで、その手首を強い力で掴まれた。

「放せっ」

ザッと腕の産毛が逆立つ。反射的に御園の手を振り解こうとしたけれど、予想よりしっかりと指が絡みついている。

痛いくらいの力で食い込んでくる指に、眉根を寄せて不快感を表した。

「顔も知らない女と見合いをしろと背中を押されても、逆らわず……家のため、人身御供にでもなるつもりだったのか？」

今度は、あからさまに揶揄する調子だった。

カッと頭に血が上る。

憤りは、この年になっても『家』に逆らえないことを馬鹿にされたせいか、自己犠牲に酔っていたのだろうと、自分でも気づかないようにしていた図星を指されたような気分になったせいか……。

どちらにしても、これ以上御園と同じ空間にいたくなかった。

三十年という決して短くはない年月を要して築き上げてきたものが、根底から覆されてしまいそうだ。

「貴様には関係ないことだ。なんのつもりで俺を呼びつけたのか知らないが、暇つぶしの相手なら他にいくらでもいるだろう」

狩野という旧家における喬一の現在の立ち位置を肴に、酒を愉しむ。

そんな悪趣味な目的で、わざわざ格式高い料亭に席を設けたのなら……酔狂の一言だろう。

御園の関係者ということ以外はよくわからない男だが、自分がつき合ってやる義理などないはずだ。

睨みつけると、紫紺の瞳は真っ直ぐに喬一へと向けられていた。

「暇つぶしというか、『狩野喬一』に興味があったのは確かだな。俺が本格的に、日本の『上流階級』に顔を出すようになって三ヶ月ほどだが、愉快な噂があちこちから聞こえてくるものだから……この目で実物を見てみたくなった」

下賤《げせん》な興味を隠そうともしない。口調は乱雑だし、語る内容は野次馬根性を垂れ流しにしているとしか言いようがない。

それでも不思議と下品さを感じさせないのは、この男が発するオーラのせいだろうか。どんな言い方でなにを語っても、威風堂々とした印象が下世話な空気を帳消しにしてしまう。

「いい目だ。プライドの高さ、傲慢さが滲み出ている。で……君臨していた高座から引き摺り下ろされた今の気分は、どんなものだ？」

自分について語られているという『噂』について、具体的なものが喬一自身の耳に入ってきたことはなかった。

それでも、想像することは容易《たやす》い。御園の口から出る内容から推測しても、ほぼ真実が正確に流布されているのだろう。

御園に手首を捕らえられたままの右手を、グッと握り締めた。小刻みな震えを抑えることができない。

スッと息を吸い込み、目を逸らしては『負け』だと自分に言い聞かせて、紫紺の瞳を見詰め返した。

「……貴様に答える義理はない」

憤慨を悟らせる気などなかったのに、ほんの少し声が揺らいでしまったことは失態だ。

悔しい。

憎らしくて、屈辱的で。

……これほどの敗北感は、居並ぶ分家の者たちを前に北斗を後継として指名された、あの忌々しい場でも感じなかったかもしれない。

今感じている全身が震えそうなほどの屈辱以上に、御園の指が絡む右手首が気に障って堪らなかった。

認めたくないが、王者の風格を持った男に対する畏怖に近いものだと、握り込んだ指先の震えに突きつけられる。

自分は、この男のなにを畏れているのか。

すべてが正体不明だった。それこそが、際限なく湧き上がる表現し難い不安の源となっているに違いない。

「無様な道化《どうけ》の見物という目的は、果たしたのだろう。もう俺に用はないはずだ。今すぐ手を放せ」

逃げたがっている。そう思われても構うものか。

警鐘のようなものが、ガンガンと頭の奥で響いている。一秒でも早く、この男から離れたい。

奇妙な焦燥感に駆られている喬一をよそに、御園は相変わらずなにを考えているのか読めない飄々とした顔をしていた。首を捻り、余裕を滲ませた……ゆったりとした口調で言葉を続ける。

「いや、実際に逢って……更に興味をそそられた」

言い終えると同時に、無邪気とも形容できる場にそぐわない満面の笑みを向けられて、堪忍袋の緒が切れた。

嫌味なほど顔面の造作がいいものだから、尚のこと馬鹿にされていると感じるのかもしれない。

「つき合っていられんな」

御園を蹴りつけてでも逃れようと、全身に力を込める。

喬一の本気が伝わったのか、手首を掴む御園の指の力がますます強いものになった。ギリッと、骨の軋む音が聞こえてきそうだ。

「ッ……」

痛いと訴えそうになるのを、ギリギリのところで耐える。

この男に「放してくれ」と懇願するくらいなら、骨にヒビが入ったとしても関節を痛めても、構うものか。

力任せに手を引き抜こうと身動《みじろ》ぎする喬一を見下ろし、御園は表情を曇らせた。

「無理に捻るんじゃない。手首を痛める」

「はっ、俺の手首の心配か？　お優しいことだな。貴様が手を放せば、すぐさま解決するんだが」

気遣われること自体が屈辱な上に、余計なお世話だ。

嫌味をたっぷりと含ませて、言い返した。そのあいだもじりじりと腕を動かしているのだが、御園は力を緩めようとしない。

本当に、この男はなにを考えているのだろう。

「逃げるな。……もし俺が、狩野のジイさんに……喬一に不快な思いをさせられたと進言したら、どうなるかな」

抗い続ける喬一に焦れたのか、これまでは余裕だった低い声に、ほんのわずかながら苛立ちが混じる。

唐突な脅し文句だ。

いや、そうして言いつけられたところでいくらでも言い逃れはできるのだから、脅しにもならない。

喬一は、子供じみた発言に呆気に取られつつ、御園を睨みつけた。

「……くだらない脅迫だな。どうにもなるわけが」

「んー……そうかなぁ？　御園から狩野へ、出資の話が持ち上がっていることを……知っているか？　冗談でも御園が手を引くと言えば、大慌て間違いなしだ。今の狩野では賄えない額だろうからな。端数は切り捨てるとしても、確か……」

喬一の言葉を遮った御園は、淡々とした口調でこちらの反論を封じた。

御園から、狩野への出資だと？

最後にポツリとつけ加えられた額は、確かに現在の狩野が単体で捻り出すのは難しい。社内でも一部の上層部しか知らないことだが、ここしばらくの狩野は世界的な不況の影響をもろに受けている。

ゆるやかな右肩下がりの曲線を描いている、株価に示されている以上と言っても過言ではない。

反して、御園は……わずかながらであっても、プラス成長を続けているのだ。祖父が『成金風情が』と眉を顰めていながらこうして喬一を送り出したのは、現在の経済界における御園という企業の影響力を無視できないからでもある。

『御園』の有する財力と、『狩野』の歴史。

この二つをうまく融合させることができれば、しばらくは安泰だろう。だからこそ、今回の顔合わせも見合いなのではないかと思い込んだのだが。

「おや、まさか……知らなかったのか?」

目を細めた御園は、容赦なく追い討ちをかけてきた。

そうだ。

今、なによりも喬一を打ちのめしているのは、御園に聞かされた出資話を自分が『知らなかった』という事実だった。

それほどまで、狩野において現在の自らの地位は軽んじられているのかと……突きつけられる。

目を瞠って絶句している喬一をどう思ったのか、御園は掴んでいた喬一の右手首をパッと解放する。

反射的に立ち上がりかけた喬一だったが、膝に力が入らなかった。グラリと傾いだ上半身を、御園の手に支えられる。

「おっと。下半身に力が入ってないぞ」

「……余計なことを」

忌々しいことに、無様に転びかけたところを助けられたのは事実だ。それでも、素直に礼を口にする気になどなれなかった。

不快感を示すかと思えば、窺い見た御園は薄ら笑いを浮かべていた。頑なな喬一の態度を、あからさまに面白がっている。

悪趣味な。

「失礼する」

この男の退屈凌ぎの道具になってやる気など、皆無だった。

一言だけ言い残して御園の腕を振り払おうとしたところで、今度は肩を掴まれて動きを封じられた。

「ッ」

喬一はギリッと奥歯を噛み締めて、御園を睨みつける。

社内の人間ならこうして喬一に睨まれると竦み上がるのだが、御園はまったく堪えていないようだ。

「ソッチはどうだか知らんが、俺の用はこれからが本番だ」

「な……に」

肩を掴んだ御園の手に力が入ったかと思えば、視界がグルリと回る。咄嗟に抗うことができなかったのは、自覚以上の酔いが原因か……気がつけば、畳に背中を押しつけられていた。

軽く頭を左右に振り、目眩《めまい》を振り払おうとする。その視界の端に肌色のものが映った……と感じた直後、目の前がぼやけた。

御園の手に眼鏡を取り上げられたのだと悟り、眉間に刻んだシワを深くする。剣呑な目で睨みつけた喬一を、御園は無言で見下ろしているようだ。

「なんのつもりだ」

裸眼でも視認できる距離まで顔が寄せられて視線が絡むと、唇の端を吊り上げて酷薄な笑みを浮かべた。

「逃げ帰るか？　で、狩野の『元』後継者は失脚させられた腹いせに、御園の不興を買って狩野グループに不利益を招いたと……新たな噂をばら撒くか」

この男がなにを言っているのか。アルコールの作用でぼんやりとしている頭でも、理解できないわけがない。

子供じみた腹いせだと、陰で嘲笑されるなど屈辱の極みだ。たとえ事実でなかろうと、面白おかしくその手の噂を流されるだけで耐え難かった。

くだらないプライドと言われようが、喬一が身を置いているのはそういう世界なのだ。御園もわかっているはず……。

「ッ！」

目を逸らすことなく、ギリッと奥歯を噛み締めて手足の力を抜いた。それが喬一の答えだと、御園には伝わったはずだ。

証拠に、笑みを深くしてふざけたセリフを口にした。

「イイ子だな」

目の前が、スーッと暗くなる。身体の奥底から込み上げてきたのは、憤りと怒り、そして自分自身への不甲斐《ふがい》なさ。

……どちらがより強かったのかは、定かではない。

この手の料亭には、密かに奥座敷が用意されている。

そんな下世話な噂を小耳に挟んだことはあったけれど、こういう形で自分が利用することになるとは予想もしていなかった。

廊下とは反対側に位置する襖を開けると、褥《しとね》が整えられているなどと……まるで、時代劇の世界だ。

しかも、この手のロケーションを好む客層に合わせてか、キングサイズの寝具の上掛けは豪奢な金糸を織り込んだ打ち掛けのような柄だ。枕元には、やはり時代劇の小物でしかお目にかかれないようなレトロかつ贅を尽くした細工の照明器具と、漆塗りの重箱のようなもの。

なにを目的に設えられた空間なのか、露骨なほど透けて見える。

「最初から、こういうつもりだったんじゃないだろうな」

喬一は御園と目を合わせることなく、口を開く。声は平静を保てていても、喬一の表情は忌々しさを露骨に表しているはずだ。

ここまで喬一を案内し、膳や酒の世話を一通り行った老婦人の姿が脳裏を過ぎる。自分が、このために御園に呼びつけられたと思われているとしたら、業腹《ごうはら》だ。

御園は、笑みを滲ませた声で答えた。

「いや。ここの奥座敷はデフォルトだ。それに、女将を始めとして、ここの関係者には口外するような愚かな人間はいない」

確かに……下衆《げす》で安っぽい想像かもしれないが、政府関係者が愛人を伴って訪れることもあるだろう。

この手の老舗料亭に勤める人間の口の堅さは、信用できる。だからといって、安心するわけではないが。

敷布団の端に腰を下ろして御園から顔を背けた喬一は、ポツリと口を開いた。

「酔狂な……」

独り言のつもりだったけれど、喬一の襟元にあるネクタイに触れていた御園は手の動きを止める。

「そうか？　さっきも言ったかもしれないが……おまえ、色っぽいぞ」

顔を見ることはできないので、どんな顔でそんなふざけた言葉を発しているのかはわからない。

ただ、からかいや笑みを含んだ声ではないことだけは確かだ。

「はっ、物好きというか……悪食《あくじき》だな。それとも、世の中の美味いモノを食い尽くしてゲテモノ食いに挑戦する気か。その若さで」

無駄なことでもしゃべっていなければ、どうにかなりそうだ。この手の厄災が我が身に降りかかるとは、微塵も疑っていなかった。

「いや、まだ食い尽くしたとは思えないな。事実、こうして……極上の獲物に巡り逢えたことだし」

無反応を貫き通してやりたいのに……御園の指が喉をかすめた瞬間、ビクッと小さく震える肩が悔しい。

「クッ……強がっているようで、身体は正直だな。怖いんだろ」

今度は、あからさまに揶揄を滲ませた声だった。この男を楽しませてなどやるものかと、眉を寄せる。

「まさか。貴様を怖がってなど……」

「ふん？」

「……ッ！」

鼻を鳴らすのとほぼ同時に、御園の手で股間を無造作に握り込まれて息を呑んだ。男にとっては、無視することのできない弱点だ。

卑怯な。

「……急所だ」

同じ男なのだからわかるだろう。そこを攻撃されて反応するのは自分だけではない、と言外に主張する。

虚勢だとは自覚しているが、この男にわずかでも怯んだ姿を見せるのは悔しかった。

「まぁ、そうだな。当たり前の急所でビクビクされたのでは、つまらん」

なにを考えているのか、「つまらん」の一言で呆気なく御園が手を引く。解放と同時に、認めるのは悔しいけれど、強張っていた肩からスッと力が抜けた。

シュルッとかすかな衣擦れの音と共に、ネクタイが抜き取られる。喬一は急激な喉の渇きを覚え、密かに唾を飲んだ。

「エロい光景だな」

喬一が身に着けている白いシャツのボタンを、襟元から一つ二つ……じっくりと外しながら、御園がつぶやく。

和紙を貼られた、灯篭《とうろう》形の照明器具が大きな布団の枕元にある。そのぼんやりとした橙色の光が、淫靡な空気の演出に一役買っているのだろう。一緒にいるのが男だとわかっていながら、奇妙な気分になりそうだ。

自分の思考に、喬一は眉を寄せて首を左右にゆるく振った。

アルコールのせいで判断力が麻痺しているのだとしても、非日常の毒々しい空気に中《あ》てられるなどどうかしている。

「だんまりを決め込む気か？　本当におまえは……俺の征服欲を刺激してくれるな。たまらん」

ますます楽しませるとわかっていながら、答えてやる気はない。喬一はきつく奥歯を噛んだまま、顔を背け続けた。

こんな身体でよければ、どうにでもすればいい。

「ぁ、……ッ」

うっかり零れそうになる吐息を、グッと呑み込む。強く噛み締め続けているせいか、顎が重だるい。

手繰り寄せたシーツを手の中に握り締めて、震えそうになる指を隠した。

「いい顔だ。屈辱感を滲ませつつ、紅潮した頬がたまんねぇな。声も、聞かせてもらいたいところだが」

「……っ、れが」

誰が、この男に言われるまま従ってなどやるものか。

見るからに傲慢な人間だ。自分の言動に反発されることなど、慣れていないのだろう。

余裕を滲ませていた御園の声に、わずかながら苛立ちが混じっている。

もっと、苛立て。

自分の思惑どおりにならないことを、思い知れ。

そんな内心が表情に滲み出ていたのか、喬一を見下ろしている御園が忌々しげに顔を歪ませた。

「おまえ……どんなことをしても、ねじ伏せてやりたくなるな」

「ッ、嗜虐的な趣味でもあるのか」

「ん？　ああ……サドっ気があるのか、って意味か。無意味に痛めつけてやりたいとは思わんが、おまえを見ていると泣かせて『許して』と言わせたくなるな。堪らなく征服欲を刺激される。おまえみたいな人間は初めてだ」

喬一を見下ろした御園は、片手で首を掴みながら薄ら笑いを浮かべる。その手にグッと力を込められて、息を呑んだ。

勝手なことばかり言いやがって。

心身ともに抗えない喬一は、ただひたすら瞳に反発心を滲ませて御園を睨みつけた。

「その目だ。いいなぁ」

そんな精いっぱいの抵抗も、御園を喜ばせるものになる。心底嬉しそうに口を開き、顔を寄せてきた。

唇の端をねっとりと舐め、口腔に舌をねじ込んでくる。

「つ、ぅ……ン、ンぅ……」

吐息まで奪われるような、執拗で濃密な口づけに息苦しくなり、掴まれたままの首を左右に捩った。

「はっ……」

濡れた音と共に解放され、息をつきながら顔を背ける。

喬一が嫌がれば、面白がって更にしつこくなるかと思っていたのだが……これほどすんなり口づけが解かれるとは、予想外だった。安堵しかけたところで、御園のつぶやきが頭上から降ってくる。

「キスに慣れていないみたいな反応だな」

「……っ。自発的に『する』ならともかく、『される』ことになど慣れているわけがないだろう」

反論した言葉は、半分は事実で半分は見栄だ。

今まで喬一は誰を相手にしても、これほど官能を刺激する口づけを施したことはない。儀礼的なものだったとさえ思う。

自分より年若い、しかもこの傲慢な男に受けたものに翻弄されそうになったことが、喬一のプライドを引っ掻いていた。

無反応を貫くはずが、身体の芯がジワリと熱を帯びたなどと、認めるものか。

「ふーん？　その顔と身体、家柄なら……浮名《うきな》も流し放題だろう。もっと、手馴れているかと思っていたが」

「貴様と一緒にするな。そんな……誰彼構わず手を出して歩くなどと、手癖の悪いことをするわけがないだろう」

「……は」

声もなく、息を呑むような気配だけが伝わってくる。御園は、自分が口にしたとおりに『顔や身体、家柄』を最大限に利用しているに違いない。

けれど喬一は、そんなものを振りかざして自らの快楽を得ようなどと、考えたこともなかった。

この男の同類項に纏められるなど、冗談ではない。だいたい『狩野』というブランドは、それほど安っぽいものではないのだ。

「ふ……嬉しい誤算だな。意外に初心《うぶ》ってことか」

顔を見ることはできなかったが、笑みを含んだ声は、ニヤニヤ笑っているに違いないと推測するのに充分なものだった。

そんなつもりではなかったのに、またしてもこの男を嬉しがらせたことが口惜しい。自分の言動、すべてが裏目に出ているみたいだ。

「中身まで、これほど好みだとは。予想以上に楽しめそうだ」

首を掴んでいた手が、スッと首筋を撫で下ろしてくる。鎖骨を辿り、胸元に差し込まれて奥歯を噛んだ。

「つく」

ピリピリと、皮膚の表面が粟立つ。まるで、御園の指先から微弱な電気を流されているようだ。

決して小柄でも非力だとも感じたことのない自分を、悠々と組み敷くことのできる体躯を持った男。

自分より大きな手。

あからさまに、性的な意図でもって触れられる……。

これまで想像したこともなかった、あり得ない事態に直面して、身体が過剰反応しているのだと自らに言い訳をした。

そんな努力を知ってかどうか、

「敏感だな。女を抱くより、男に抱かれるほうが合っているんじゃないか？」

御園は、ギリギリのところでプライドを繋ぎ止めようとする喬一の努力をあざ笑うかのように、言葉でも追い詰めようとする。

反論すれば、ますます喜ばせるだけだ……と。わかっているので、顎に力を込めて今まで以上に歯を食い縛った。

「いつまで意地を張っていられるか、楽しみだ」

まだまだ余裕のある声だ。

下肢の衣類を手際よく剥ぎ取られ、ひんやりとした外気が素肌を撫でた。上半身には、中途半端にシャツが残されている。

「くっ……いい眺めだ」

悪趣味極まりない。あえて喬一の羞恥心を煽ることにより、屈辱感を抱かせようとしているのだろう。

頭では御園の意図を読むことができて、理解しているつもりなのに……勝手に首から上が熱くなる。

「おい、耳まで赤いぞ。動じていないと澄ましたツラをしながら、本当は恥ずかしくて堪らない……ってところか」

わざわざ言葉にする御園を睨みつけてやりたい。でも、今の自分の状態では睨みつけた所で迫力など皆無だろうとわかっている。

きっとどんな言動も、喬一が反応すればこの男を楽しませることになる。無視するのが一番だ。

「ぁ！」

「くっ、こんなに泣かせたいって思うのは、初めてだな。一目見たときから好みだと思っていたが……想像以上に楽しめそうだ」

腿の内側を撫で上げた手が、ジワリと脚のあいだに押しつけられる。粗野な言葉遣いや雰囲気からはかけ離れた、やんわりとした手つきだった。

無遠慮かつ乱暴に触れられるに違いないと……身構えていただけに、その意外性が喬一の身体に奇妙な影響を与える。

異常としか言いようのない状況で、これほど気に食わない男に触れられて……どこをどうされても、快楽だと捉えられるわけがない。

そんなふうに高《たか》を括《くく》っていたのに、勝手に身体が熱を帯びる。自身に裏切られた気分だった。

「ッ」

「遠慮なく声を出せ。っても、おまえは噛み殺そうとするんだろうな。だから……尚更、引きずり出してやりたくなる」

やわやわと手の中に包まれて、微妙な刺激を与えられる。痺れるような快さが腰から生まれ、波紋のように全身へと広がった。

頭の中では「ダメだ、ダメだ」と繰り返しているのに、心と相反して身体はどんどん熱を上げていく。

「嫌なヤツに触れられて、こう……なるのか。天邪鬼なのか？　それとも、この身体がどうしようもなく淫らなだけか」

どうなっているのか。

喬一に思い知らせるように、手の中で熱を帯び始めた部分をゆったりと握り込みながら揶揄する口調で言葉を投げつけてくる。

「……つるさい。余計なことをせず、目的を果たせばいいだろう。好きにして、さっさと終わらせろ」

喬一は快楽など求めていない。むしろ、厄介なだけだ。

同性間の行為がどのようなものか、知識だけはあって……我が身に受けるとなると、覚悟を決めても抵抗がないわけではない。

けれど、こうして余計な屈辱感を味わわされるよりはずっとマシだ。少しでも早く目的を果たさせて、解放されるほうがいい。

喬一のそんな訴えを、御園は「ふん」と鼻で笑った。屹立を握り込んだ指に、クッと力が増す。

「ッ！」

「なに言ってんだ。突っ込んで、オシマイ……なわけがないだろうが。苦痛に耐えるのは簡単だ。だが、快楽に抗うほうが難しい。どちらがおまえにとってダメージが大きいかなど、聞くまでもないな」

……悪魔め。

声にならない声で、罵る。下手に口を開けば、どんなみっともない声を漏らしてしまうかわからなかった。

御園に的確に性格を読まれているのも悔しいが、触れられて反応する自分のほうが遥かに腹立たしい。

なんとか耐えていると、絶妙な力加減で器用に指を絡みつかせてきた。

「つ、く……」

ジン……と、痺れるような心地よさが広がる。

喬一は、顎に力を入れて全身を強張らせることで必死に抗ったけれど、ビクッと下肢が浮き上がってしまった。

「意地でも声を出さないつもりか。……まぁいい。我慢できなくなれば、遠慮なく泣き声を上げろよ」

そう……心底楽しそうな声が耳に吹き込まれ、爪が手のひらに食い込むほど強く拳を握った。

熱い。吐息も、御園に触れられる皮膚の表面も……。

腹を見せて降伏したほうが楽なのはわかっているが、『楽』に逃げる己が許せない。

ギリギリのプライドを抱えて、小刻みに身体を震わせた。

《三》

目が覚めたのは、薄い障子越しに差し込む光が眩しかったせいだ。ピクッと睫毛を震わせた喬一は、重く感じる瞼をゆっくりと押し開いた。

「ッ……くそ」

寝返りを打つのと同時に、身体の節々から鈍い痛みを感じた。つい、口汚い一言が漏れてしまう。

眼鏡を……と、いつも置いてあるところに手を伸ばしたけれど、指先に触れるのは畳の感触のみだった。

「そう……か。置いてきたんだったな」

独り言をつぶやき、ため息を零す。

御園の手で取り上げられた眼鏡は、どこに置かれているのか……喬一の目につく範囲には見当たらなかった。

どうせ、自宅にはスペアがある。能天気な顔で眠っている御園を起こして問い詰めたり探したりするより、一刻も早くあの場から逃れることを選んだのだ。

早朝だったにもかかわらず、当然のように見送りに出てきた女将と目を合わせることはできなかった。手配されたハイヤーに乗り、東の空が白みつつある夜明け前、薄闇に紛れるようにして帰宅した。

朝日が昇りきる前に自宅へ辿り着くことができたのは、幸いだ。

数人の使用人は既に活動を始めていたようだが、誰にも見咎められず入浴を済ませて自室に入れた。

「今……何時だ？」

角度的にも光の強さからしても、部屋に差し込む太陽光は午前の早い時間のものではないはずだ。

頭上に手を伸ばして枕元に置いてある時計を探り、顔の前にかざす。眼鏡がないので、視界がぼんやりと霞んでいた。

目を細め、なんとか確認した針が指し示していたのは……十二時半。

普段の喬一は、休日であろうと規則正しい生活を送っている。こんな時間まで床にいるなど、失態だ。

「怠惰な」

自分に対する苛立ちを込め、低く舌打ちをする。時計を戻し、顔の上に腕を置いて深々とため息をついた。

朝食はおろか、昼食も始まろうかという時間だ。今から身支度をしたのでは、昼食の開始には間に合わないだろう。

昨夜、『御園の関係者』と逢っていたことを知っているのは、祖父だけのはずだが……顔を出さない喬一を、どう思っているだろうか。

初対面の、それも未成年の女性を相手に不埒な真似をしたのではないかと、邪推されているかもしれない。

だからといって、事実を……。

「言えるものか」

苦々しい口調で独り言を零す。

指定された場所で待ち構えていたのが、想定外の『男』だったということのみならともかく、その後どうなったかなど……祖父に話すことのできるものなど一つもない。

あの男の目的も、仲介したという人物に昨夜のことがどのように伝わっているのかもわからないので、喬一が迂闊なでっち上げを口にすることはできない。しかし、事後報告をしないわけにもいかないだろう。

もう、こうなれば。

「……なるようになれ」

考えるのが億劫になり、常日頃は理路整然としていると言われる自分らしくない、開き直りを含んだ投げやりな結論を導き出した。

顔の上に置いていた腕を外して、だらりと布団の外に伸ばす。

天井を睨みつけながら何度目かのため息をついたところで、廊下から襖越しに声をかけられた。

「兄貴。……起きてるよな？」

遠慮がちな声は、弟の雅次のものだ。いつもは能天気かつ無遠慮な口調なのだが、これほどおずおずとした態度は珍しい。

まだ寝間着のままだ。応《いら》えに躊躇《ためら》っていると、再び「兄貴？」と呼びかけられてしまい無視できなくなる。

「なん……っコホン。なんだ？」

普段と変わらない声を装ったつもりだが、語尾が擦れてしまった。一つ空咳をして、低く答える。

襖の向こうからは、喬一が応答したからか少しホッとした気配を含んだ雅次の声が返ってきた。

「あー……じいさんがお呼びだ。兄貴が来るまで、昼飯を待つってさ」

それでは、広間に顔を出さないわけにはいかない。今すぐ床を出て、身支度を整えなければ。

「わかった」

短く返事をしておいて、勢いよく上半身を起こした。直後、クラリと目眩に襲われる。

片手で顔を覆い、深く息をついて頭をゆるく振った。

しっかりしろ。みっともなく、ふらつくな。

そう、自分に言い聞かせる。雅次はもちろん、祖父に不審がられるわけにはいかない。

なにもかも、平静を装わなければ。

「雅次？　伝言はそれだけだろう」

眉を寄せた喬一は、用を済ませたはずの弟が未だに自室の前にいることを察して、不機嫌な口調で話しかける。

立ち去る足音が聞こえなかったし、声はしないが、襖の向こうにいるという気配は伝わってくるのだ。

「ん。その……確実に連れて来いって、言いつかってるからさ」

「ッ、子供じゃあるまいし」

そう忌々しく思いながら零したところで、自分も雅次も祖父には逆らえないのだ。苛立ちのまま、雅次に立ち去れと告げるのは八つ当たりにしかならない。

眉を寄せたまま立ち上がった喬一は、スペアの眼鏡を箪笥《たんす》から取り出して浴衣を脱ぎ落とした。手早くシャツやスラックスといった休日仕様のラフなものを身に着け、廊下に繋がる襖を開ける。

予想どおり、雅次は手持ち無沙汰な風情で壁に背中を預けて立っていた。その雅次を横目でチラリと見遣り、短くつぶやく。

「洗面をしてくる」

無様な寝癖などはついていないはずだが、洗面をし……鏡で今の自分の顔を確かめておきたかった。

祖父の前に出るのだから、体裁を整えなければならない。

「って……マジで、ついさっきまで布団の中だったのか？　珍しい」

雅次は、喜怒哀楽のみならず考えていることがすべて顔に出る。喬一に向けられた目は驚きに見開かれていた。

確かに、よほど体調が悪い場合は別として……たとえ休日でも、喬一が昼過ぎまで惰眠を貪ることなどないのだから、驚くのも当然か。

「少し頭痛がするんだ」

言い訳を口にしておいて、廊下を進んだ。雅次はもうなにも言わず、数歩後ろをついてくる。

足を踏み出すたびに、御園に翻弄された記憶を呼び起こす鈍痛に襲われるせいで、眉間に刻んだシワを解くことができない。膝にもうまく力が入らないけれど、ギリギリの気力でもってなんとか平素を保った。

背筋を伸ばして廊下を歩いているつもりでも、背後の雅次は異変を感じているかもしれない。

ただ、体調がよくないのだと予防線を張っておいたことで、多少緩慢な動きでも都合よく解釈してくれるはずだ。


「失礼します。お待たせしてしまい、申し訳ございませんでした」

廊下から声をかけておいて、食事の際に利用する広間の襖を開ける。顔を上げて室内を見遣った喬一は、ピクッと眉を震わせる。

身体の節々が痛い上に、頭が重い。ただでさえ気分が優れないのに、この状況ではますます具合が悪くなりそうだ。

元凶を視界から追い出すのが一番だと、なんとか表情を変えることなく視線を畳に落とした。

「……」

なにか言わなければと思っても、そつのない言葉が出てこない。

広間に並べられた膳の前にいたのは祖父だけでなく、今、一番見たくない……腹違いの弟である三男の北斗と、その伴侶となる予定の世浬の姿まであったのだ。

一度は花嫁修業の名目で狩野家に同居していた世浬だが、現在は自宅に帰らせている。その世浬が昼食の席にいるということは、わざわざ祖父が呼びつけたのだろうか。

もしくは、世浬が教授している術氏である『シゲ』のところへ、手習いに来ていたのかもしれない。

シゲは、現時点で狩野家に仕えている術氏だ。老齢に差しかかった彼女は床に伏せることが多くなり、今では半ば隠居状態なのだが、後継である世浬に様々なことを手ほどきしている……らしい。

どちらにしても、世理はもう自分とは関係のない人間だ。これまでの経緯を思えば、視界に入れるのも忌々しい。

「遅かったな、喬一。朝食にも顔を出さず……」

上座にいる祖父が、ジロリと喬一を見遣りながら話しかけてくる。正面から祖父と目を合わせることができず、視線を落としたまま軽く頭を下げた。

「申し訳ございません。体調が優れませんで」

言い訳をするな。そう叱責されることを覚悟で言葉を返した。

ところが、意外なほどすんなりと待たせたことを許される。

「まぁいい。席に着きなさい。食事を始めよう。……雅次も腰を下ろしなさい」

「はいはい」

雅次は、相手が祖父であろうとマイペースだ。軽く答えると、喬一の脇を通り抜けて自席にどっかりと座り込んだ。

狩野家の後継から退くことになったとはいえ、今でも喬一の席は祖父の脇に設えられている。露骨に下座へ移動させられても仕方ないと思っていたのだが、こうすることの祖父の意図は読めない。

世理も北斗も我関せずという態度だが、彼らが同席している場でそこに腰を落ち着けるたびに、喬一は苦い気分になる。

まぁ……これも、自意識過剰というものだろう。

無駄なプライドだと自身でもわかっていながら、このわずかながらのプライドがなんとか今の喬一を支えているのだ。

食欲など皆無に等しかったけれど、用意された膳に無理やり箸をつけた。昼食にしては品数も使用されている食材も豪勢なものだったが、疑問を抱く余裕はなかった。喬一にしてみれば、味もなにもあったものではない。

膳が下げられると、まず雅次……続いて、北斗と世浬が広間を出て行く。そりが合わないと思っているのは、お互い様だ。存在を無視し合うのはいつものことなので、祖父は苦言を呈することもない。

二人の姿が視界から消えて気配がなくなったことで、ようやく少し肩から力を抜くことができた。

「ふ……」

祖父に悟られないよう、細く息をつく。

直後、そうして喬一が安堵するのを見計らっていたかのようなタイミングで、食事のあいだ無言だった祖父が口を開いた。

「喬一、昨夜の宴はどうだった」

「はい……『紅華楼』は初めて訪れましたが、素晴らしい佇まいでした。ただ、私には、まだまだ分不相応な場ではないかと」

料亭の感想を求められているのではないことは、重々承知だ。祖父の質問の意図を察していながら、わざと的外れな返答をする。

愚鈍だと、祖父の機嫌を下降させることも覚悟の上だ。逃げだともわかっていたけれど、なにも言えない。

「そうか」

ところが、喬一と視線を絡ませた祖父は、頬を緩ませて珍しく唇の端を吊り上げた。機嫌を損ねている様子はない。

「ふむ、まぁ……いい社会勉強になっただろう。御園のほうからは、実に愉快な宴席だったという上々な感想が届いておる。……娘との見合いではなく、あちらの跡継ぎとの懇親だったらしいな」

完全な想定外としかいいようのない言葉に、答えようもなく視線を泳がせた。

どういうことだ？　御園から、早々に祖父のもとへ連絡が行ったということか？　それも、喬一の評判を落とすものではなく……。しかも、あの男が『御園』の跡継ぎだと？

無数に渦巻く戸惑いは、表情には出さなかったつもりでも定まらない視線に表れてしまったかもしれない。

沈黙が息苦しくて、無理やり喉の奥から声を絞り出す。

「は……令嬢との顔合わせだと、勘違いした自分がお恥ずかしい限りです」

的外れな言葉だったかもしれないが、なにをどう答えればいいのかわからなかった。

視界の端に、喬一の言葉を受けて祖父が腕組みをする様子が映る。

「それに関しては、私も読み違いをしておった。どんな形であれ、御園との繋がりができることは悪いことではない」

「御園から……狩野への出資計画がある、というのは事実ですか」

あの男に突きつけられた、印籠《いんろう》のようなものだ。抵抗の意思を殺《そ》がれる決定打となったと言ってもいい。

祖父が自分に対して口を割るかどうかはわからなかったけれど、確かめずにはいられなかった。

「ん、そこまで踏み込んだ話をしたのか。現時点では水面下でのやり取りだが、あちらの機嫌を損ねなければそうなるだろう」

上機嫌な様子の祖父は、大きくうなずく。意外なほど呆気なく認められて、膝の上に置いた手をグッと握り締めた。

……事実だったのか。

これまで自分が蚊帳《かや》の外に置かれていたのだと、改めて痛感させられる。

それと同時に、祖父の『あちらの機嫌を損ねなければ』という一言が、重く肩に圧し掛かってきた。

機嫌を取って、出資してもらわなければならない。つまり、力関係は狩野より御園が上ということだ。

「御園の……有仁氏だったか。仲介者によれば、喬一とはいい盟友になれそうだと、紹介したことを感謝されたそうだ。彼はまだ若いが、豪胆で頭のキレる男らしいな。これからも仲睦まじくするように」

真綿で首を絞められる。もしくは、外堀を埋められる。

決して否とは答えられない状況に追い込まれて、握り込んだ指先が冷たくなるのを感じた。

「は……い」

自分に、うなずく以外の選択肢はなかった。

心の中で、どれだけ「冗談じゃない。二度と顔も見たくない」と拒絶していても、『狩野のため』だと大義名分を振りかざされてしまえば拒めない。

今の自分は、目に見えない鎖で雁字搦《がんじがら》めにされて『狩野』に囚われているようなものなのだ。

たとえ、とてつもない閉塞感で息が詰まりそうになっていても……逃れる術も、場所もないのだから。

存在意義は、ただ一つ。『狩野のため』だ。

「ああ、伝言があった。忘れものを預かっておるから、十九時に新都《しんと》ホテルのバーラウンジで落ち合おう……だそうだ」

「ッ、そう……ですか」

忘れ物、というキーワードで自然と眼鏡のフレームに指先で触れた。間違いなく、置いてきた眼鏡のことだろう。

ぎこちなくうなずいた喬一に、祖父は「仕方のないヤツだ」とでも言わんばかりの口調で言葉を続ける。

「夜を徹して酌み交わしていながら、連絡先の交換をしなかったのか」

「思い至りませんで……申し訳ございません」

あからさまに喬一の不手際を責める言葉に、スッと頭を下げた。

御園と気が合って、夜更けまで飲み続けていたのだ……と信じて疑ってもいない。逆に、そうでなければ困るのだが、心の中では「愉快な宴席だったわけではない」と反論せずにいられなかった。

「まぁいい。今夜も、おまえの夕食は準備しなくていいな？」

御園の誘いに乗って出向くのが当然だ、という語調で背中を押される。

あの傲慢な男の姿を思い浮かべただけで、ジワリと嫌な汗が背中に滲んだ。

押さえつけられ、圧し掛かられて……どんなふうに触れられたか。まだ、生々しい余韻が身体に漂っているみたいだ。

無意識に手首を擦り、握られた感触やあの男の体温を払拭しようとしたけれど、そうして逃れようとすればするほどよみがえる。

「喬一？」

「……はい。夕食は不要です」

返答を促す響きで名前を呼ばれてしまえば、首を縦に振ることしかできない。

どろりとした、真っ黒なコールタールの中に落とされたような錯覚に襲われる。

全身に纏いつき、どれだけもがいても自力で這い上がることは不可能だ。絶望感を抱えて、ジワジワと沈んでいくのみで……。

「くれぐれも、機嫌を損ねるな」

「わかっています」

短く念を押されて、反射的なうなずきを返した。追い討ちをかけられたのと同じだ。思考力は、もう空っぽだった。

「では、私はこれで失礼します」

立ち上がり、広間を出て……気がつけば、自室の畳に座り込んでいた。どうやって戻ったのか、記憶がない。

虚ろな目をして、ふらふらと廊下を歩く姿を誰かに見られていたかもしれないけれど、周囲に注意を払う余裕など皆無だった。

「あの男……」

なにを考えている？　どこまで、自分を貶めるつもりだろうか。

目を奪われずにはいられない、強烈なほどの存在感。

立派な体躯に見合った、尊大でふてぶてしい態度。

忌々しいばかりに端整な顔。

他者に対して命ずることに慣れた、低い声。

一つ一つ、御園に関するすべてが鮮明に思い浮かぶ。否応なく、脳裏に刻みつけられてしまった。

「くっ……」

喬一は、静かな空間で畳を睨みつけながらギリギリと奥歯を噛み締めた。

それでも……呼び出しに応じないという選択は、自分には許されていない。

□□□

土曜日ということもあってか、ホテルの最上階に位置するバーの利用客はあまり多くなかった。

観光客らしき外国人がポツポツいるのと、このホテルのホールで結婚式があったのか、華やかなドレスを身に纏いつつ見るからに慣れない足取りで歩く、ハイヒールの女性の姿が見て取れる。大半が二十歳をようやく出たところ……という年齢層だ。

カウンターの端で、一人カクテルグラスを手に持つ喬一に話しかけてくる類《たぐい》の異性はいない、というのが幸いだ。

煩わしいモノは一つでも少ないほうがいい。

あえて時計を見ないようにしながら黙々と飲み続けて、どれくらい経っただろうか。

ふとした瞬間、静かなバーの空気が変わったのを感じた。ゆったりとした音楽や抑え気味の照明はそのままなのに、空間全体がピリッと引き締まったというか……形容し難い緊張感が漂う。

草食動物の群れに、捕食者である肉食獣が現れたとでも言えばいいか。出入り口を振り向かなくとも、あの男の登場を悟る。

「よぉ、喬一。半日ぶりだな。待たせたか？」

視界の隅に濃紺のスーツが映った直後、隣のスツールにどっかりと腰を下ろしながら話しかけてきた。

馴れ馴れしく名前を呼ばれたことに眉を顰めたけれど、自分たちが注目を浴びているのはわかっているので、大人げない苦情を呑み込む。

「……四十分ほどな」

自分が指定した時間を大幅に過ぎて姿を現したくせに、御園は悪びれる様子もない。笑みを含んだ低い声で、

「ご機嫌斜めだな」

などと口にして、ククッと肩を揺らした。

どれだけ遅刻をしても喬一は自分を待っているはずだと、高を括っていたとしか思えない。

事実、イライラしながらも帰ることはできず、ここで待ち続けるしかなかった。御園の思惑どおりにしか行動できない自分が、悔しい。

それでも、一言ぶつけてやらなければ気が済まなかった。

「貴様のフランクミュラーは、ただの装飾品か。職人が嘆くぞ」

スーツの袖口から覗く、ガッシリとした手首にある腕時計をチラリと見遣り、嫌味を口にする。昨夜とは品は違うが、スーツも靴も時計も……最上級のものを身に着けている。

年齢的には青二才のくせに、決してブランド負けしていない。

祖父には『御園の機嫌を損ねるな』と言われたが、知ったことではなかった。無礼者には相応の態度で臨むのみだ。

喬一の不機嫌さは伝わっているはずなのに、御園は相変わらず軽く答えた。

「まーまー、そんなに拗ねるな」

「拗ね……っ、誰が」

拗ねている、という言葉に更なる不快感が込み上げる。男の気を引く目的で、可愛らしく拗ねて見せる女性を諌めているような口調だ。

睨みつけたことで視線が絡み、御園は笑みを深めた。

「なにを飲んでいる？」

喬一の手元にある、カクテルグラスを指差して尋ねてくる。無視していると、長い指がグラスの脚を掴んでグッと口をつけた。

唖然としている喬一をよそに、一息で飲み干した御園は唇を手の甲で拭う。

無作法でしかない行動も、この男にかかると『豪胆』と変換されるのが忌々しい。

「トムコリンズ、か。……俺はキューバリバーを。喬一も、まだ飲めるだろう？」

「……私はＸＹＺ」

カウンターの内側にいるバーテンダーに合図した御園は、意外なオーダーを告げる。喬一はフンと鼻を鳴らして、御園だけに聞こえる音量でつぶやいた。

「コーラか。お子様だな」

「好きなんだよ。コークも、ラムも」

馬鹿にしてやったつもりなのに、当の御園にはダメージになっていないようだ。

その、「好き」の一言で対外的な格好つけを必要としないという態度が、喬一にとってはますますこの男を『気に入らない』理由として加算される。

自分は、こうはなれない。常に周囲の様子や目の前にいる人間の顔色を窺って、いかに己をよく見せるか……周りの期待どおりに振る舞うことができるか、ということばかりを考えて行動してしまう。

矮小でつまらない人間なのだと、容赦なく突きつけられる。

「じゃ、カンパイ」

喬一の抱える劣等感に似たほの暗いものなど知る由もない御園は、能天気な声で細長い円柱形のグラスを持った。この男と乾杯したい気分ではなかったけれど、仕方なく喬一もカクテルグラスを手にする。

唇を湿らせる程度にグラスを傾けて、早々に用事を済ませようと口を開いた。

「忘れものを渡してもらおうか」

眼鏡さえ受け取れば、席を立つことができる。こうして指定された場所に出向いて顔を合わせたのだから、役目は果たしたといってもいいだろう。

「忘れもの？　ああ……部屋に置いてきた」

水でも飲むかのように一気飲みをした御園は、細長いグラスをコースターの上に置いてスーツの内側に手を入れる。

チラリと視線を落とした喬一だが、一瞬、それがなにかわからなかった。黒いカウンターテーブルと同じ色のカードキーなのだと察して、眉を寄せる。

このホテルのもの……か。昨日の今日で、自分がのこのこついて行くと思っているなら馬鹿ではなかろうか。

「……眼鏡は勝手に処分してくれ。失礼する。……チェックを」

会計をするためバーテンダーに合図を送った喬一だったが、右手を大きな手に掴まれて眉間のシワを深くした。

薄暗い中、睨みつけた御園は……ニヤニヤ笑っている。

「俺と仲良くしろと、言われなかったか？」

「……」

「支払いは俺が。帰らないよな、喬一？」

バーテンダーにカードキーを差し出した御園は、喬一の顔を覗き込むようにして視線を合わせてくる。

喬一は掴まれたままの手を固く握り締めると、一言も返すことなく顔を背けた。

小刻みに拳が震えるのは、御園への悔しさと腹立たしさと……自身に対する不甲斐なさのせいだ。

決して、この男に怯えているわけではない。

「部屋で飲み直そうか」

スツールを立つよう促されても、突っぱねることはできず……スポンジの上を歩いているような心許ない足取りで、バーの出入り口へと向かう。

何故、この望むものならなんでも手に入れられそうな男が自分に拘《こだわ》るのか。早く厭《あ》きてくれ……と。強く奥歯を噛み締めて、真っ直ぐに伸びた広い背中を睨みつけた。


「つ、もう……いい加減にしてくれ」

「なにを言っている。ギブアップには早いだろう」

喬一を組み敷いた男は、片手を胸元に当ててベッドに押さえつけながら唇の端を吊り上げる。

ゆったりとした動きで身体を揺らされると、声もなく背中を仰け反らせた。

「涙目になっているくせに、まだ意地を張るか。声を上げればいいのに」

「だ……つれ、が」

この男の思いどおりになど、なってやるものか。

白く霞む視界は、裸眼のせいだ。御園が言うように、涙で目を潤ませているわけではない。

「なんにしても、損な性格だな。虚勢など投げ捨てて、素直に弱味を見せたほうが楽だろうに」

それは、喬一を揶揄する口調ではなかった。どこか苦いものを含んだ声だ……と感じたのは、気のせいだろうか。

聞き返す余力などなく、ギリッと顎に力を入れて身体の内側を渦巻く感覚に耐える。

「自分に課せられたものが、どれだけ理不尽でも受け入れるつもりか。家のための自己犠牲など、美徳だと思えん」

独り言のようにそうつぶやく御園が、どんな顔をしているのか。喬一には、確かめる術がない。

「ああ……ほら、逃げるな。こう……したら、少しはいいだろう？」

「ぁ！」

与えられるのが苦痛だけなら、乗り切れるのに。より屈辱感を味わわせようとでもいうのか、御園は喬一から快楽を引き出そうとする。

脚を開かされて、男を受け入れさせられる……。

苦痛と不快でしかないはずだ。それなのに、御園が穿《うが》つ角度を変えた次の瞬間、身体の内部に奇妙な種火《たねび》が点る。

「ふ……ここは嘘をつけないな。聞こえるだろう？」

「つく、ぁ……、ぅ」

密着した下腹部に手を差し入れられて、熱を帯びた屹立をゆるく握り込まれる。喬一に聞かせるために、わざと濡れた音を響かせているのだろう。

ジンジンと痺れるような快さと、粘膜を擦られる異物感。

相反するはずの異なる感覚が入り混じり、自分の身体がどうなっているのかわからない。混乱する一方だ。

「肩の……身体の力を抜け。おまえのすべてを見せてみろ」

これまで以上に激しく身体を揺さ振られて、ギッとベッドのスプリングが軋んだ。伏せた瞼の裏でチカチカと光が瞬き、無意識に頭を左右に振る。

「ア、っ……ン、ン……っっ」

隠しきれない艶と媚びを含んだあえかな喘ぎが、どこか遠くから聞こえてくる。

……違う。こんなの、自分が零している声ではない。

「腕を回して……しがみつけ」

力の入らない腕を取られて、肩に誘導される。

思考力を失った喬一は、なにを促されているのか……自分がどうしようとしているのかも考えられないまま、指先が触れたものにしがみついた。

これまでは、頼りないふわふわとした心地だったのが、確かな存在を感じることで形容し難い安堵を得る。

「……可愛いな」

低い声は確実に届いているのに、なにを言っているのか、その意味までは理解することができない。

時間の感覚もなくなるほど長い夜に漂い、ひたすら翻弄された。

《四》

すぐさま手に取ることのできる場所に置いてある携帯電話が、小刻みに振動する。

「……ッ」

右手を伸ばした喬一は、液晶画面に表示されたメールの発信者を確かめただけで手の中に握った。

いっそ壊れてしまえと携帯電話を握り締めて、目の前のデスクを睨みつける。近くに社員がいるので、声を荒らげることはできない。

携帯電話のフラップのどこかがパキッと小さな音を発したところで、息をついて手の力を緩ませた。

本当に壊れると困るのは、自分だ。そう考えられる程度の理性が戻ってくる。

「すまないが、私は少し外す」

すぐ傍のデスクにいる社員へと一言声をかけておいて、席を立った。廊下に出ると、早足で人けのない場所を目指す。

エレベーターホールを抜けて非常階段へと続く分厚い扉を開き、ようやく大きく肩を上下させた。

「相変わらず、非常識な男だ」

就業時間中に連絡してくるな、と何度言っても聞き入れられない。あの男は、二十四時間いつでも、自分の気が向いたときにメールや電話をしてくるのだ。それも、喬一が返信するまで執拗に。

携帯電話を開いた喬一は、着信したばかりのメールに目を通してかすかに眉を寄せた。

「……明日の二十二時、か」

言動は非常識だが、メールに記されているものは第三者に見られたとしても不自然さを感じさせることのない、簡潔なものだ。

喬一を呼び出す、日時と場所。必要最低限のことだけが指示される。

そう……待ち合わせではない。これは、『指示』だ。

「物好きめ。まだ厭きないのか」

あの、料亭で初めて顔を合わせた夜から、そろそろ一ヶ月になる。以来、週に二～三度はこうして呼びつけられるのだ。

食事をしたり、バーで飲んだり……ただ、車で連れ回されただけのこともある。いずれも終着点はホテルの部屋で、御園の好きに弄り回されるのだ。

自分を凌ぐ体躯を持つ男に組み敷かれ、好き勝手に翻弄される……。

いくら回数を重ねたからといって、反発心や屈辱感が薄れるわけではない。ただ、あからさまに抵抗することのできない理由を御園は握っていて……薄ら笑いを浮かべて見下ろしてくるあの性悪男は、喬一がせめてもの反抗とばかりに睨みつけることを楽しんでいるかのようだ。

「くそっ」

短く『了承した』とだけ返信した喬一は、舌打ちと共に低く毒づいて携帯電話を胸ポケットに収めた。

いつまで、あの男に振り回されるのだろうか。

祖父は、『いい友人ができた』と喜んでいるようだが。わかりやすく喬一を褒めることはないけれど、あきらかに上機嫌なのだ。

眼鏡を外して片手で眉間を揉み解した喬一は、大きく息をついて眼鏡をかけ直した。動揺や苛立ちといった感情の揺らぎを、部下に悟られるわけにはいかない。自分は常に冷静沈着で何事にも動じない、『冷血漢《れいけつかん》』でなければならないのだ。

数回の深呼吸で心を鎮めると、非常階段の扉を開いて廊下に戻った。熱いコーヒーを飲もうかと、カップベンダー式の自動販売機を目指す。

コーヒーの注がれた紙コップを手に持ち、壁にもたれかかったところで女子社員が自動販売機の前に立った。

迷うように泳がせる指先をなんとなく眺めていると、喬一の視線に気づいたのかこちらに顔を向ける。

「あ……」

喬一と目が合った直後、パッと顔を伏せた。頬には、あからさまに『意識しています』と書かれているようだ。その女性の横顔から目を逸らすと、喬一は心の中で「久々の感覚だなぁ」とつぶやいた。

よくよく見ると、二十代の半ばにも届いていないだろう若い女性だ。見慣れない顔なので、正社員ではなく短期契約で派遣されてきたばかりかもしれない。

……派手さはないけれど、清潔感のある少し古風な顔立ちは悪くないものだった。細すぎないスタイルも、好みだ。

ここしばらく、あの悪魔のような男に振り回されるばかりなのだ。誰彼構わず異性に誘いをかけたり誘いに乗ったりと無節操な真似はしなくとも、少し前までは女性との交遊がなかったわけではない。

飲み終えた紙コップを手の中で潰し、チラリとこちらに目を向けてきた女性と視線を絡ませる。

「……派遣社員さんですか？」

意識して普段よりやわらかな声で話しかけると、パッと瞳を輝かせて「ハイ」と答えてくる。

いそいそと喬一の前に立った彼女に、終業後の約束を取りつけるべく口を開いた。

「私、こんなところで食事をするのなんて初めてです。テーブルマナーとか、あまり知らなくて……失礼なことをしたらごめんなさい」

戸惑いを含んだ声でそう言うと、口を噤んで視線を落とした。見下ろした横顔には、不安を滲ませている。

喬一は、唇に微笑を浮かべて答えた。

「誰にでも初めてはあります。テーブルマナーを習得するいい機会だと思って、あまり緊張せず楽しめばいい。心配しなくても、個室を予約してあるから」

喬一の言葉に安心したのか、彼女はホッとした様子で大きくうなずいた。それとほぼ同時に、高速エレベーターがほとんど揺れを感じさせず減速する。階床表示のパネルに、32という数字が点灯した。

「どうぞ」

開いた扉を手で押さえて、エスコートする。

普段、異性からそういう扱いをされることがないのか、彼女は小さく「すみません」とつぶやいて恐縮したふうに肩を竦ませた。

喬一は、失敗したかな、と心の中でつぶやく。

彼女を誘ったのは、御園に対する当てつけと、自分が異性を抱けることを確認するための手段として……だ。あまりにも遊び慣れていない風情だと、こうして利用することに罪悪感が込み上げる。

食事のみで、帰したほうがいいかもしれない。

そんなふうに考えながらフレンチレストランに足を向けたところで、前から歩いてくる二人連れに気づいた。フォーマルなスーツに身を包んだ男が、華やかなドレスの女性をエスコートしている。

過剰に着飾っているわけではないが、派手な雰囲気の二人だ。強烈な存在感に思わず足を止めたところで、男がこちらに顔を向けた。

……御園有仁。

声に出すことなくつぶやき、わずかに眉を寄せる。御園は喬一の顔を一瞥して、スッと目を眇めた。

「お兄様？　ハイヒール、痛ぁい」

御園が歩みを緩めたせいか、桃色のワンピースの女性が手をかけている左腕をグイグイと引っ張りながら声を上げる。

御園は、仕方ないな……とでも言いたそうな苦笑を浮かべて答えた。

「無理して十センチピンヒールなんか履くからだ。子供はローファーで充分だろう」

「失礼ねっ。もう子供じゃないもの」

そうして言葉を交わしながら、喬一に声をかけることもなくすれ違う。

心臓が……どう形容すればいいのかわからない、変な具合に脈打っていた。理由のない喉の渇きを覚えて、コクンと唾を飲む。

「狩野専務？」

不思議そうな声で名前を呼ばれ、ハッと我に返った。彼女は一メートルほど進んだところで足を止めて、戸惑った顔で喬一を振り返っている。エスコートするべき相手を先に行かせるなど、とんでもない失態だ。

「申し訳ない」

短く息をつくと、止めていた歩を再開させる。

御園たちは、もうエレベーターに乗り込んだだろうか。

背後が気になって堪らなかったけれど、「振り返るな」と自分に言い聞かせて正面だけを見据えた。

□ □ □

「ご馳走様でした。本当にありがとうございました。おやすみなさい」

「ああ。おやすみ」

短く答えて一歩後ろに足を引くと、タクシーの扉が閉まって静かに走り出す。

女性を乗せたタクシーがホテルのロータリーから出て行くのを見送り、小さく息をついた。

ただ食事をしただけなのに、急激に疲れが押し寄せてきたような気がする。バーで飲み直すかと身体の向きを変えたところで、携帯電話が振動した。メールではなく、電話の着信を知らせるものだ。

「……っ」

ポケットから取り出して視線を落とした途端、思わず顔を顰める、表示されている名前は、御園のものだった。無視したいのは山々だったが、そうすれば後が面倒なことになると学習済みだ。

あの男の声を聞きたい気分ではないけれど、仕方なく通話ボタンを押して耳に押し当てる。

「……なんだ」

『食事だけなら、そろそろお開きの時間だろうと思ってな。いい子でおウチに帰ってるか？』

ふざけた口調での言葉に、もともと良好とは言い難かった機嫌が更に下降する。喬一は、携帯電話を持つ左手にグッと力を入れて短く返した。

「ああ。もうすぐ自宅に着く」

『ふーん？　まだ夜は長いだろう』

「貴様はどうだか知らんが、俺はもう風呂に入って寝るだけだ。用がそれだけなら、失礼する」

行動を監視される謂《いわ》れはない。自分がどこで誰となにをしようが、御園には関係ないはずだ。

もちろん自分にとっての御園も同じで、夜が長かろうが短かろうが好きなようにすればいい。いちいち連絡してくるな。

言外にそう含ませて、御園の返答を待つことなく通話を切った。

ついでに電源も落としてポケットに戻したところで、予想外の位置から聞き覚えのある声が聞こえてくる。

「嘘はいけないなぁ？」

「な……っ」

足音もなく柱の陰から現れた姿にギョッとした喬一は、全身を硬直させて目を瞠った。

声も出ない。

「あははっ、そんなにビックリしたか」

喬一の驚きようがおかしかったのか、二メートルほどの距離にいる御園は子供のように声を上げて笑っている。二時間ほど前、エレベーターのところですれ違ったときと同じスーツだ。

「いいリアクションだ」

ひとしきり笑った御園は、当然のように距離を詰めてきて喬一の腕を掴む。その感触で、呆けていた頭が現実に立ち戻った。

「な、なにを……っ」

反射的に掴まれた腕を取り返そうとしたけれど、思いがけない強さで指が食い込んでいる。

近くにホテルのベルボーイが立っていることもあり、大声を上げたり派手な動きができない。

控え目にもぞもぞ身体を動かしている喬一を、御園は目を細めて見下ろした。

「もう、風呂に入って寝るだけなんだろう？　つまり、暇。時間はたっぷりあるってことだな」

勝手なことを口にして、待機しているタクシーに喬一を押し込むようにして乗せる。退路を断つように御園も乗り込んできて、運転手に短く「南麻布」とだけ告げた。

強引に押し込みやがって。

そこになにがあるのか。

自分をつれて行って、どうするつもりだ。

疑問は多々あったけれど、運転手という第三者の存在が喬一の口を噤ませる。タクシーの運転手は客がどんなやり取りをしようと気にしないだろうとわかっているのに、くだらないプライドだ。

御園はこの喬一の性格を読んだ上で、早々にタクシーに乗せたのかもしれない。この一ヶ月で、互いの性格はある程度掴んでいる。

「……ッ」

無言で隣を睨みつけると御園もこちらを見ていたようで……予期せず、まともに視線が絡んだ。

喬一を見る御園の目は、いつになく鋭い。タクシーに乗り込むまでは上機嫌で笑っていたのだが、今はその余韻さえ感じられない。

たいていは飄々としているか能天気に笑っているくせに、不機嫌さを滲ませるなど、珍しいこともあるものだ。

真顔でそうして見据えられると、知らない男が目の前にいるみたいだった。日本人離れした、端整な容姿だということはわかっていたが、改めて実年齢にそぐわない貫禄や迫力のある男だと突きつけられる。

妙な息苦しさを感じてしまい、なにも言えないまま視線を逃がす。目を逸らしたからといって、御園に気圧されたわけでも迫力負けしたわけでもない。至近距離で見詰め合う理由など、ないからだ。

車窓を流れる夜景のライトを眺め、心の内で言い訳をつぶやいた。身体の左半分に、ズッシリとした御園の気配を感じながら。

「降りろ」

カードで支払いを済ませた御園に、腕を掴んでタクシーから引っ張り出される。そこには見上げる大きさの鉄門と、内側に広がる広大な庭。庭の奥には、白亜の外観を誇る洋風の屋敷が聳《そび》えていた。

御園が、徒歩用らしき小ぢんまりとした鉄扉の電子ロックを解除する様子からも、「ここはどこだ」という質問は愚問にしかならないとわかる。

狩野の屋敷があるのは、先祖から受け継がれてきた古い土地だ。家屋についても、文化財クラスの日本建築が多い。

反して、この洋風の館や真新しい高級マンションの並ぶ地区に自宅を構えているあたりは、『御園』らしい。祖父に言わせれば、成り上がりの証拠というところか。

「入れ」

「……命令するな」

喬一が自分の言葉に従うことを、疑ってもいない。相変わらず気に食わない態度だが、実際に逆らうことなどできないのが一番腹立たしい。

渋々ながら、御園の後について鉄扉をくぐった。

屋敷の玄関ポーチへと続く小道の両脇は、青々とした芝生が植えられている。奥には、ライトアップされた薔薇のアーチ飾りが見えた。

狩野家は、母屋はもちろん離れも庭も純和風の造りなので、目に映るものすべてが物珍しい。

祖父のように、皮肉を込めて『成金趣味』と思うことなく……喬一はただ、美しい空間だと感じた。

「昼間、明るい時間に案内してやるよ」

露骨にキョロキョロしていたつもりはないけれど、チラリと振り向いた御園が笑みを含んだ声でそう言ってくる。

子供のような好奇心に駆られて、視線を巡らせていたのは事実だ。喬一はグッと表情を引き締めて、足元に視線を落とした。

「無用の気遣いだ」

気まずさが、声に滲み出ていなかっただろうか。

この男を前にすると、いつもペースを乱される。冷徹であろうとする自分を、呆気なく突き崩されそうになってしまう。

「意地を張らずに、案内してくれと可愛らしく言えばいいものを」

「……はっ」

数歩前を歩く御園は、喬一に背中を向けたままクックッと肩を揺らしてつぶやいた。喬一は眉を顰めて、鼻で笑う。

下手に言い返そうものなら、この口の達者な男にどんな揚げ足取りをされるかわかったものではない。

玄関ポーチに続く短い階段を上がったところで、大きな両開きの扉が内側から開かれた。

反射的に足を止めた喬一だが、驚くことはないかと思い直す。

御園ともなれば、自宅周辺の警備も厳重なはずだ。防犯モニターで使用人が帰宅を察したに違いない。

「お帰りなさいませ、有仁様。お客様をお連れですか」

扉を開け放したのは、エプロンを身に着けた中年女性だった。さり気なく喬一の姿を目に映し、恭しく頭を下げる。

振り向いて、視線で喬一についてくるよう促した御園は、女性に右手を振りながら簡潔に答えた。

「ああ……プライベートな客だ。こちらで勝手にするから、気にせず休んでくれ」

「承知致しました。御用がおありでしたら、なんなりとお声をおかけください」

女性は余計なことは一切口にせず、深く頭を下げて踵を返す。

玄関に足を踏み入れた喬一の背後で、静かに扉が閉まった。直後、電子ロックの音が聞こえてくる。

「俺の部屋は二階だ」

御園は、ポツリとそれだけ口を開いて、吹き抜けになっている玄関ホールの端にある螺旋状の階段へと足を向けた。

洋風建築らしく、土足か？　玄関ホールの床部分は大理石のようだが、螺旋階段には絨毯が敷かれている。

御園は躊躇う様子もなく絨毯を踏みつけているが、喬一は靴の裏に感じる絨毯の感触になんとも形容し難い気分になる。

純日本家屋で生まれ育った喬一には、土足で家屋に立ち入ること自体がどうも慣れることのできない風習だ。

不特定多数の人間が出入りする、ホテルやパーティーホールならともかく……住空間については、この歳になっても違和感を覚える。

そう苦々しく考えたところで、確か御園はドイツ暮らしが長いと言っていたか……と思い出した。

この男についてなど知りたくもないのに、強烈に焼きつけられている。どうでもいい人間なら記憶する価値もないが、あまりにも『憎たらしい』とか『気に食わない』と思わされているせいで、逆に存在を無視できないのかもしれない。御園の思う壺に嵌っているのだとしたら、ますます腹立たしい。

唇を噛んでいると、

「……それほど、家だか会社だかは大事なのか？」

自室らしき部屋のドアを開けた御園が、歩みを緩めがちな喬一を振り返る。

広い屋敷の割に使用人は多くないのか、人けを感じない。長い廊下はシンと静まり返っていて、低い声は明瞭に響いた。

「どういう意味だ」

喬一は質問の意図が読めず、睨みつけながら聞き返す。

御園は質問を重ねることなく、部屋に入った。人に尋ねておきながら無視するなど、無礼な態度だ。

「……おい？」

低い一言で返答を促す。御園に続いて部屋に入った喬一を、大きく息をつきながら振り返った。

「強引に車に乗せられた挙句、ろくな説明もなく連れて来られて……なのに、逃げるでもなく大人しく従う。でも、俺に気を許したわけでもないし、自分の意思でそうしているわけでもない」

「当然だろう」

なにを今更、という呆れを滲ませてしまった。でも……とつけ加えられたのは、御園自身に言われるまでもないことだ。

強引で自分勝手な男だが、喬一が自分の意思でここに立っていると思うほど、おメデタイ頭をしているわけではないらしい。

口に出すことのなかったそんな思いは、声だけでなく顔にも表れていたようだ。御園は苦笑を浮かべて言葉を続ける。

「理由は、あの腹黒そうなジジイに、俺の機嫌を損ねるなと言い含められているから……というあたりか？　先日、松永《まつなが》のパーティーで顔を合わせたが、喬一と仲よくしてやってくれとかって愛想よく話しかけてきた。ま、目ぇは笑ってなかったけどな。若造に頭を下げるなど不本意だって、本音が透けて見えてたぞ」

御園は苦いものをたっぷりと含んだ声で、祖父と対峙した際にどんな態度を取られたか語る。

その場面は、喬一にも容易に想像がついた。うっかり唇を緩ませそうになり、なんとか引き締める。

「それは失礼した」

祖父のことだから、あえて隠すことなく『本音』を臭わせたに違いない。御園が言葉や愛想笑いの『裏』を感じ取れない器量なら、それまでだ……と。

御園本人は試されたことを知っているのかどうか不明でも、祖父の思惑は的確に伝わっている。

豪胆かつ粗雑だとばかり思っていたが、鈍感な人間ではないらしい。

「チッ。腹の探り合いは苦手なんだよ。日本人ってやつは、わかりづれぇな」

つぶやきは、独り言の響きだ。答える義理もない。喬一がポーカーフェイスを保っていると、唐突に二の腕を掴まれる。

「少なくとも俺は、わかりやすさを求めるね。ストレートに質問するから、誤魔化さずに答えろ。……女とのデートは楽しかったか？　あのままホテルの部屋に連れ込むかと思っていたが」

突如、喬一を見下ろす目がギラリと鋭い光を帯びた。まるで、猛獣が歯を剥き出しにして威嚇しているようだ。

二の腕に食い込む指の力は強く、無反応を貫こうにもピクッと眉を震わせてしまう。

「……確かに、当初はそのつもりだったがな」

予定を変更したのは、軽く遊べる相手ではないと読んだからだ。御園とあそこですれ違っていなくても、食事だけで帰す気になっていた。黙っていれば御園にわからないことなのに、なんとなく後ろめたい気分が込み上げてきて、言い訳じみた一言をつけ加えてしまう。

「俺がどうしようが、貴様には関係ないだろう」

責められたり、機嫌を損ねられたりする理由などない。自分が誰と夜を楽しもうが、御園の許可は不要なはずだ。

言葉を切ると同時に御園の手を振り解こうとしたけれど、指の力を緩ませようともしなかった。

意地とプライドが邪魔をして、喬一が「痛いから放せ」と請うことができないことを、わかっているのだろう。

「俺は、自分の所有物を他人と共有する気はない」

「誰が……誰の所有物だと？」

聞き流すことのできないセリフだ。

頬を強張らせた喬一が硬い声で言い返すと、御園は唇の端を吊り上げた。頑健な歯が、チラリと覗く。

肉食の獣が牙を見せつけるかのような凶暴な表情で、聞き分けのない子供に噛んで含めるように、ゆっくりと口にする。

「おまえが、俺の……だ」

「な……んっ」

カーッと、瞬時に頭へ血が上った。

口にしかけた喬一の反論を、御園は押さえつける口調で遮る。

「おまえばかりを責める気はない。所有を証明するための、鑑札《かんさつ》をつけておかなかった俺も悪かった。だから……急遽用意させた」

ゆったりとしたしゃべり方と、低い声が不気味だった。これまでにない類の、重苦しいオーラが漂っている。

怯えているとか気圧されていると思われるのは口惜しいのに、一言も声を出すことができない。

「本当はオーダーしたかったが。一応、デザイナーによる一点ものだ」

ゆっくりとした動きでスーツの懐から取り出したのは、濃紺のビロード張りの小箱だった。

喬一へ見せつけるかのように、大きな手のひらに乗せる。女性の好みそうな宝飾品が収められていそうな雰囲気だが、まさか喬一にその手のものを贈ろうという意図ではないだろう。

ソレは、なんなのか。

聞きたくない。知りたくない。

正体は不明なのに、本能的な部分で拒絶していた。でも、何故か目を逸らすことができない。

言葉もなく小箱を凝視していると、御園は左手で喬一の二の腕を掴んだまま、器用にも右手の親指のみで蓋を押し上げた。

「説明は必要か？」

天井に備えられた照明の光を煌びやかに弾いているのは、銀色の……なんだ？

ボール状の丸いものと、繊細なチェーン。光の反射具合からして、安物のメッキではないはずだ。

シルバー……いや、プラチナか。

それだけは見て取ることができたけれど、もともと装飾品に興味のない喬一には用途がわからない。

こういうものが好きな女性なら、どこを飾るものか察せられるかもしれないが。

疑問だらけだったけれど、「説明しろ」と御園に答えることはできなかった。よくわからなくても、ろくでもない答えが返ってくると……それだけは確かだ。

「……」

気がつけば、唇を引き結んだままぎこちなく首を左右に振っていた。言葉のない喬一に、御園は意味深な笑みを浮かべる。

「よくわからん、って顔だな。でも、本能的な危機は感じる……か？　本当に、おまえは退屈しない」

「っ！」

掴んだ二の腕を引き寄せられて、じわりと唇の端を舐め上げられる。

逃げろ、と頭の奥から警告する声が聞こえてくるのに、身体が動かない。焦りばかりが込み上げてきて、心臓がやけに激しく脈打っている。

喬一は全身を硬直させたまま、なす術もなく唇を震わせた。


「やめろっ」

突き飛ばすようにしてベッドに転がされたところで、ようやく硬直が解けた。しかし、時すでに遅し……というやつだ。咄嗟に跳ね起きようとしたけれど、胸元に膝を乗せられてグッと息を詰める。

「ははっ、さすがに抵抗するか」

喬一の抵抗を予想していたらしい御園は、自らのネクタイを使って手早く喬一の両手首を縛り上げる。恐ろしい手際のよさで今度は喬一のネクタイを引き抜き、ベッドの支柱に括りつけた。

そうして身動きができない状態にしておいて、シャツのボタンを外すと手を差し入れてくる。

「ここが一番目立たない……か」

指先で無遠慮に胸の突起を押し潰した御園の口から、耳を疑う言葉が聞こえてきた。

脳裏に浮かんだのは、ついさっき目にしたばかりの銀色の装飾品だ。

「い……やだ。そんな、悪趣味なっ」

「そうか？　これくらい、カワイイもんだろ。針も、この程度のサイズだ」

見たくないのに、御園の指先に挟まれた銀色の鋭い針から目を離せない。身体を捩るたびに、拘束された両手首にギリギリと布が食い込んでくる。括りつけられたベッドの支柱が、鈍い音を立てた。

「心配しなくても、きちんと消毒してやるよ」

「そ……」

喬一がそんなことを心配しているわけではないことくらい、御園もわかっているはずだ。自分を見下ろしてくるすっ呆けた顔を睨みつけたけれど、今の状態では迫力など皆無だろう。

御園の左手にある太い針が、不気味に光っている。

「下手に動いたら目測を誤るぞ。ちょーっと痛いかもしれないが、おまえがいい子にしていたら一瞬で終わる」

「ッ！」

御園は勝手なことを口にして、針を舐め上げた。右手に持ち直すと、喬一にも見えるように消毒薬を噴きつける。

ドッドッと、心臓が激しく脈打っている。これまで、経験したことのない類の恐怖だった。

「恐怖と、屈辱と……ギリギリのプライド、か。泣き声を聞かせてくれたら、もっと嬉しいが」

「だれ……が、ァ！」

胸の突起をギュッと指先で摘まれて、鈍痛にビクッと肩を震わせた。奥歯を噛み締めた次の瞬間、比べようもない痛みが全身を駆け抜ける。

「今度は左だ」

喬一がわずかな身動ぎもできないでいると、御園は淡々とした声でつぶやいてコトを進めた。

与えられるすべてが、未知の感覚だった。額に冷たい汗が滲む。拘束された指先を小刻みに震わせて、一言も漏らすものかと顎に力を入れた。

耳の奥で、キン……とかすかな金属音が響いている。目を閉じているのに、グルグルと目眩のようなものに襲われた。

「……ぅ」

「終わったぞ。似合うじゃないか」

時間の感覚が鈍くなってきた頃、上機嫌な御園の声が耳に届いた。閉じていた瞼を押し開き、ぼんやりとした視界に見下ろしてくる男の顔を映す。

睨みつけてやりたいのに、目の前が霞んでいてよく見えない。忙しなく瞼をしばたたかせていると、喬一の顔を覗き込んできた。

「泣くほど痛かったか？」

軽い口調でそう言った御園は、薄ら笑いを浮かべている。視線が絡んだと同時に、痛みを憤りが凌駕した。

「き……貴様、こんなことをして、タダで済むと」

「ふっ、どんな言葉で罵ってくるかと楽しみにしていたんだが、第一声がソレか。チンピラみたいな下品で芸のない脅し文句は、おまえには似合わねぇぞ」

「つあ！」

低く笑いながら、指先で胸の突起を弾かれる。言葉では形容し難い痛みが走り、声もなくベッドから背中を浮き上がらせた。

ドクンドクンと忙しない心臓の鼓動に合わせるようにして、波紋のように鈍い痛みが広がる。

そこが、どうなってしまったのか。わからなくて怖いのに、我が目で確かめるのはもっと恐ろしい。

喬一が天井に視線を泳がせていると、思いがけない言葉を口にした。

「どうしよう……って顔だな。見るか？」

答えずにいると、着ているままのスーツのポケットに手を入れた御園は、携帯電話を取り出して喬一に向けた。

「なにを……っ」

嫌な予感を覚えた喬一が制止する間もなく、小さなシャッター音が聞こえてくる。

「ほら」

携帯電話の画面を目の前にかざされて、反射的に顔を背けたけれど……チラリと見てしまった画像は、強烈の一言だった。

右側には、乳首を貫く形で棒状のものが突き刺さっていて、左右をボールのようなもので留められている。そこから伸びた細い銀色の鎖は、左側につけられたリング状のものと繋がっていた。

目の前が真っ白になる。我が身に起きていることを信じたくない。

「コレには、ちょっとした細工があってな。コツを知らなければ簡単に外せない。メイドインジャパンは、高品質だなぁ」

楽しそうな調子でそう言いながら、指先で軽く鎖を引っ張られた。薄れかけていた痛みが呼び覚まされ、喬一はビクッと肩を震わせる。

「い……ッ」

痛い、と訴えること自体が屈辱だ。無反応を貫けない自身への苛立ちのあまり、強く唇を噛む。

「あー……悪い。痛いか？　……唇を噛むな。血が滲んでいる」

唇をこじ開けるようにして、指を含まされた。消毒薬の味が舌の上に広がり、眉を顰める。

口腔の粘膜を撫でた指が出て行き、ホッとしたのはつかの間だった。

「いい子だった褒美に、よくしてやるよ」

そう言いながら喬一が身に着けているスラックスの前を開放して、下着と纏めて引き下ろされる。

「や……やめろっ。余計なことをっっ」

脚を閉じようとしたけれど、身体に力が入らない。大きな手が膝を掴み、左右に割り開かれた。

上半身を起こしかけた喬一の目に、開かれた脚の間に寄せられた御園の頭が映る。

「ッ……ぅ、ぁ！」

ねっとりとした舌が性器に絡みつき、駆り立てようとする。

今の状態で、快感など得られるわけがない……と思っていたのに、執拗に刺激されると熱を帯びていくのがわかった。

身体を震わせるたびに生じる痛みと直截的な刺激によって引き出される快楽が入り混じり、混乱に陥る。

「相変わらず、口とは正反対の素直な身体だ。それとも、俺に虐められたくて……わざと逆らっているのか？」

一言も漏らすものか。そんな決意と共に、拘束された両手を握り締める。

喬一の態度が気に入らないのか、屹立を口腔に含んだまま軽く鎖を引かれて、ビクビクと背中を跳ね上げた。

「ぁ、ぅ……っく！」

硬い歯が、敏感な粘膜の先端をかすめる。

苦痛と快楽と恐怖。

混ざり合うことのないそれらをほぼ同時に与えられて、どうにかなりそうだった。

「おまえがいい子にしていたら、可愛がってやる」

低い声は、どこか遠くから聞こえてくるみたいだ。

なにを言われているのか。

今、自分がどこにいてなにをしているのかも、あやふやになりそうで……ひたすら奥歯を噛み締めた。

《五》

「……ッ」

左手で椀を持ったところで、ピタリと手を止めた。表情は変えなかったはずだが、斜向かいにいる雅次が不審そうに話しかけてくる。

「兄貴？　どうかしたのか？」

「いや、おまえが気にすることはなにもない」

喬一は雅次と目を合わせることなく抑揚のない声で答えると、何事もなかったかのように箸の動きを再開させた。

雅次は重ねて尋ねてくることはない。同席している祖父を窺い見たけれど、黙々と食事を続けていて安堵した。

乳首につけられた装飾がアンダーシャツの内側に擦れて、ピリッとした痛みが走ったのだ。

なにをしていても、どこにいても……忌々しいコレが、『御園』の存在を忘れさせてくれない。

「喬一。御園の若造とは上手くやっているのか」

ふと、唐突に思い出したかのように祖父が口を開いた。

御園の名前を耳にするタイミングとしては、最悪だ。それでも、祖父の質問を黙殺するわけにはいかない。

喬一は密かに息をつき、一拍置いて答えた。

「……そのつもりですが」

平素を取り繕ったが、声に苦いものが混ざらなかっただろうか。

喬一の返答に満足したのか、祖父はフンと鼻を鳴らして言葉を続けた。

「それならいい。あの男は、御園の事業についての決定権を握っているようだからな。手腕は確からしい」

御園の事業についての決定権を、握っている……か。

祖父は、険しい表情でありながらどこか楽しそうな響きの声でそう言った。『御園』を成金と軽んじているようでいて、御園有仁という個人に関してはかなり気に入っているのだろう。

自分より年若いあの男が、祖父に認められている……？

右手にグッと力が入り、握り締めた箸がミシッと鈍い音を立てた。

自分のどこが、あの男に劣っているのだろう。好き勝手されて、プライドを踏みにじられて……いつまで耐えなければならない？　御園が厭きて、新しいオモチャに興味を移すまでか？

決して吐き出すことのできない鬱屈が、身体の内側をグルグルと駆け巡る。

「ああ、そうだ。昨夜、御園から連絡があった」

「……はい」

短い返事に、不審や不快が滲み出なかっただろうか。喬一の懸念をよそに、祖父は淡々と言葉を続ける。

「数年前から、小島全体を異国に仕立てるリゾート計画を推進していたのはおまえも知っておるな？　共同出資という形で、御園が絡むことになったんだが……施設設備の研究を目的とした視察のため、ドイツに出向くらしい。狩野の代表として、喬一も同行しないかと声をかけてきた」

大規模なリゾート計画は、数年前から狩野が手がけてきたプロジェクトだ。ただ、資金繰りの調整がつけられないことで、足踏み状態となっており……御園が共同出資するという話は初耳だった。

御園とは、三日と空けずに顔を合わせている。そのくせ直接自分に話すのではなく、わざわざ祖父に連絡したということは、喬一の逃げ道を塞ぐためだろう。実際に、こうして祖父から勧められたら断ることは不可能だ。

チラリとこちらに視線を送ってきた祖父は、喬一の返事を待っている。

いつまでも黙っていられない。選択の余地などなく、もとより喬一の答えは一つしかないのだ。

「それは……是非、行かせてください」

あの男とドイツまで出向く？　迷惑極まりない。わざわざ自分を連れて行こうとするなど、ろくなことを考えていないに決まっている。

そう心の中では激しく拒絶していたけれど、なんとか不自然さを感じさせることのない声で答えられたはずだ。

祖父は、当然といった風情でうなずく。

「出発は来週の月曜だ。渡航費や滞在費については、すべて手配させてくれと言ってきた。身の回りのものも用意するから、おまえはパスポートだけ準備するように……だそうだ。良好な関係のようだな」

「ええ……年齢も近いことですし、私とはまるでタイプの違う彼と接していると、いい刺激になります」

言葉を切った喬一は、わずかに唇の端を吊り上げて皮肉を滲ませる。

我ながら、よくぞここまで心にもない言葉を口にできるものだ。物心ついて以来、三十年近くに亘って築き上げてきた虚栄心は伊達ではない。

「ふむ、確かに。彼とおまえは、正反対だな。この調子で、くれぐれも御園の機嫌を損ねるな」

幸い祖父は喬一の複雑な表情に気づかないらしく、珍しく微笑を浮かべて満足そうに首を上下させた。

御園の有する資金力は、相当の魅力なのだと……喬一にもわからなくはない。喬一が御園の機嫌を取るだけで労せず資金を引き出せるのなら、狩野にとって願ったり叶ったりというところだろう。

あの男の話をしたせいか食事を続ける気分ではなくなり、小さく吐息をついて膳の隅に箸を置いた。

「申し訳ございません、少し気分が優れませんので……私はこれで失礼します」

祖父の機嫌がいつになくいいという証拠に、食事の途中で席を立つという無作法も咎められない。

体調管理の不手際を叱責されるどころか、

「日本を出るまで、しっかり身体を休めておけ」

喬一を気遣う意外な言葉まで出て、苦笑を深くした。

おまえの役割は御園の機嫌を取ることだと、暗に突きつけられている。そう感じるのは、被害妄想ではないはずだ。

もう一度頭を下げて、広間を出る。祖父とのやり取りを傍観していた雅次が、なにか言いたげにこちらを見ていたのはわかっていたが、構う余裕はなかった。

ピッタリと襖を閉じて深く息をついたところで、廊下の角を曲がってこちらへやって来る人影が視界の隅に映った。

誰であろうと、だらしない姿を見られるわけにはいかない。表情を引き締めて、顔を上げる。

「あ……こんにちは。お邪魔しています」

使用人かと思ったが、現れたのは世浬だった。視線が合うと、おずおずとした口調で挨拶をしてくる。

小さく口にしただけで逃げるように視線を逸らした世浬に、喬一は眼鏡の奥で目を細めた。

これまでの経緯を考えれば、苦手意識を持たれていても当然だ。自分がどんな態度で世浬に接していたか、思い起こすと苦い気分になる。

御園の自分に対するものと……どれくらい違いがあるだろう。

「北斗は部屋にいるのか」

気まずさを誤魔化すように、話しかける。食事の席には姿が見えなかったのだが、末の弟は在宅なのだろうか。

世間話をする関係ではない……しかも、喬一が忌み嫌っている北斗について口にするなど、予想もしていなかったのだろう。世浬は、あからさまに驚いた様子でしどろもどろに答えてきた。

「あっ……いえ、シゲさんに。北斗は、夕方にならないと帰らないそうなので……」

「……そうか」

会話が続かない。キュッと眉を寄せた喬一は、世浬に背中を向けて自室へと足を踏み出した。

数歩廊下を歩いたところで、思いがけず世浬の声が追いかけてくる。

「あの、喬一さん。……具合、悪くないですか？」

「君に心配されることはない」

世浬はどんな顔をしていたのか。気になったけれど、振り返ることなく硬い声で言い返して廊下を進む。

自室に入り、閉じた襖に背中を預けて大きく肩を上下させた。

「……どう、見えている?」

右手を上げて、顔を覆いながら独り言をつぶやく。指先が小刻みに震えていた。

結局詳しく知ることはできなかったが、人知を超越した能力を有するという彼の目に、自分はどんなふうに映っているのか。

「ッ、くそ」

手を下ろそうとしたところで、胸元を甲がかすめる。微弱な電気を流されたような不快な痛みが走り、低く唸った。

自分が囚われているのは、御園という男なのか……『狩野』という家なのか。わからなくなる。

抜け道を見つけられず、真っ暗な迷路をさ迷っているような気分だ。

「は……馬鹿げている」

喬一は自分の思考に唇を歪ませて、余計な考えを頭から追い出した。

与えられた役目をこなすのみだ。自ら作り出した不安に陥るなど、非建設的で愚かな行為でしかない。

なにも考えるな……。

シャツの襟元を握り締め、暗示をかけるように自分に言い聞かせる。

どうにか意識を逸らそうとしても、胸元にある小さな装飾品が、四六時中あの男の存在を知らしめる。

薄ら笑いを浮かべて、喬一を見下ろす深い紺紫の瞳。

一言も口を開かなくとも、他者を圧倒する強烈な存在感。

普通にしゃべっているだけなのに、どんな雑踏でも耳に飛び込んでくるほど通りのいい、低く深みのある声。

着衣越しにでも四肢のバランスのよさが見て取れる、恵まれた体躯。

生まれながらの王者のような御園は、望んで手に入れられないものなどなに一つないだろう。

なにもかもが、同性として羨ましくて妬ましくて……努力したところで敵わないのだと、劣等感を刺激される。

たった一月半ほどで、これまで築き上げてきたものを土足で踏み躙《にじ》られた。

憎い憎いと思いすぎて逆に麻痺してしまったのか、御園に対しての感情がよくわからなくなってきた。

『おまえは、こうして……可愛がられるのが似合ってるよ』

不意に、耳朶を齧りながら吹き込まれた低い声が耳の奥によみがえり、小さく肩を震わせた。

「っ、ぅ」

消毒だと称して触れてくる指先の感触まで呼び覚まされてしまい、胸の突起がズキズキと疼く。

御園に執着される理由は、未だにわからない。そもそも、こうして自分に構ってくることが執着なのかどうかも、確信が持てないのだ。

思えば、これまで喬一自身に強い感情を向けてくる人間は誰もいなかった。

こちらに向けられた目は、『狩野』というフィルターを通しての喬一を見ているのであって、利害関係にのみ重きが置かれていた。

狩野の後継から降りた今となっては、どれほどの価値が残っているのか定かではない。

「そ……か。あの男は、知っているんだったな」

御園は、初めて顔を合わせた時から、喬一が『狩野』の後継者ではなくなっていることを知っていた。

その上で、悪趣味なことに「興味深い」と手を伸ばしてきたのだ。

「いや、だから……か」

プライドをへし折ってやる、と。後継の座を追われたことで打ちのめされている姿を見物したいのだ……と。

性格の悪い目的を、隠そうともしなかった。

「そろそろ、満足して厭きるんじゃないか？」

喜ばしいことだ。一刻も早く、厭きて手放してくれないだろうか。

喬一から離れるのは許されなくても、御園が厭きて手を引くのであれば『狩野』にダメージもないはずだ。

同時に、喬一も『狩野のために御園の機嫌を取る』という役目を終えるはずで……その先は？

直後、深く考えるな！　と、頭の中に鋭い声が響く。

素直にその警告に従って思考を遮断させた喬一は、唇を噛んでゆるく頭を振った。

「……酔狂な」

パスポート一つでドイツに帯同しろと言う御園は、長旅のあいだの退屈凌ぎとして自分を傍に置く気だろう。

果たして、どんな扱いをされるのか。

「どうでもいい……か」

好きにしたらいい。

眼鏡を外して眉間を揉み解した喬一は、ぼやけた視界で畳を睨む。もたれていた襖から背中を浮かせたところで、廊下から遠慮がちな声が聞こえてきた。

「兄貴。いる……よな？」

「なんだ」

ビクッと動きを止めた喬一は、外していた眼鏡を戻しながら振り返って、硬い声で聞き返す。

今の自分は、どんな顔をしているのか。想像もつかないので、目の前の襖を開けることはできない。

「なんかさぁ、ジイさんに無理なことさせられてんじゃねーの？　ここんとこ、兄貴らしくないっていうか……俺にもわかるくらい、疲れてるっぽいからさ」

喬一を気遣う言葉に、無言で頬を強張らせた。

雅次は子供の頃から調子のいい人間だが、頭が悪いわけでも鈍感なわけでもない。次男ということで余計な重圧がなかったせいか、伸び伸びと育った。

気楽な立場にいるから軽いのだと、心の片隅で侮っていた弟に、隠している疲弊を感じ取られた上に……気遣われている。

御園に砕かれたと思っていたプライドは、わずかながらでも残されていたらしい。

「俺は俺の仕事をこなしているだけだ。おまえが気にかけなくても、最低限の自己管理はしている」

それ以上踏み込むなと匂わせて、硬い声で言い返す。

苛立ちを含んだ喬一の言葉に、雅次は、

「そ……か。そうだよな。余計なことを言って、悪かった」

申し訳なさそうに、小さな声で口にした。廊下の床板を踏むかすかな音が、遠ざかっていく。

完全に気配を感じなくなったところで、拳を握って襖に叩きつけた。

弟の心配を、素直に受け取れない……米粒ほどのちっぽけなプライドにしがみつく自分が、情けなくてたまらない。

衝動に駆られて八つ当たりしているようでいながら、襖が破れないよう加減している。結局、いい格好をしようとギリギリのところでブレーキをかける……矮小な人間なのだと。

再確認することになり、胸の内側が苦いものでいっぱいになった。

どこにも吐き出せない鬱憤が限界まで蓄積したら、どうなるのか。考えようとしたけれど、頭の中は真っ白だった。

「つふ……」

喬一は、襖に手をついたまま仄暗《ほのぐら》い笑みを浮かべる。時が経つのも忘れ、なにをするでもなく立ち尽くしていた。

□　□　□

「……ん？」

タイヤが段差に乗り上げた際のかすかな揺れに、ふっと瞼を押し開いた。一瞬、自分がどこにいるのかわからなかった。

数回目を瞬かせたところで、ここはドイツで……空港に迎えに来ていた車に乗り、御園と共に滞在先へと向かっていたのだと思い出す。

規則的な振動に眠気を誘われて、いつの間にか浅い眠りに落ちていたらしい。

いくら、ドイツでの国内線の乗り継ぎを含めて十二時間以上に亘る移動をこなしたとはいえ、御園の気配がすぐ傍にあるにもかかわらず気を抜くなど不覚だ。

言い訳をするなら、ドイツの誇る高級車であるベンツの、それも特別仕様車だと思われる快適なシートの座り心地が極上だったせいだ。

チラリと窺い見た御園は、窓の部分に肘をかけて外を眺めているようだった。間抜けなうたた寝姿は見られていなかったらしいと確認して、小さく息をつく。

敏い御園にしては珍しく喬一の視線を感じないのか、唇を引き結んで微動だにしない。端整な横顔は、険しいものだ。

そんな表情を浮かべる、なにがある……？

疑問に思った喬一は、自分の脇にある窓ガラス越しに視線を車外へ向けた。

「ふ……」

直後、車窓から覗く風景に思わず感嘆の息をつく。喬一が慣れ親しんだ都心の光景とは、なにもかもスケールが違っていた。

東京の中心部は、確かに世界有数の大都会であり、林立する高層ビルは圧巻だろう。

だがそれらも、万年雪を冠した山やずらりと立ち並ぶ広葉樹の青々と繁る葉、波の立つ広大さを誇る湖などが織り成す雄大な自然美を目にしてしまえば、ちっぽなものに思えるから不思議だ。

浅い眠りに落ちるまでは、特別変わったところのない街中を走っていたことを思えば、予想以上に時間が経っているのかもしれない。

時差ボケも吹き飛ぶインパクトに圧倒され、声もなく流れる景色を眺めた。

やがて、森林を切り拓いたと思われる土地が見えてくる。牧場だろうか。羊や牛、馬が悠々と草を食んでいた。

真っ直ぐ伸びる道から枝分かれした小道の先に、民家らしき建物がポツポツと点在している。

牧歌的な田舎風景がしばらく続き、次に喬一の目の前に現れたのは、まるでお伽噺《とぎばなし》から抜け出したかのような景観だった。

湖のほぼ中央部、小島のようになっている部分に『城』としか形容できない建物が聳えている。

まさか、ここが視察のための『滞在先』か？　いや、あり得ないだろう。

頭に浮かんだものを無言で打ち消したけれど、そのまさかが正解だったらしい。自分たちを乗せたベンツは、城に向かって延びる橋を渡って城門の内側へと入っていく。

「……」

目を瞠って絶句していると、唐突に頭を掴まれて首を反対側に向けられた。慌てて表情を引き締めた喬一は、相変わらず失礼極まりない御園を睨みつける。

「断りもなく人の頭を掴むな。乱暴な男だな」

「動かないから、目ぇ開けたまま寝てんのかと思ったんだよ」

これは……間違いなく、喬一が驚きのあまり声を失っていたとわかっていながらの行動だ。その証拠に、ニヤニヤと締まりのない顔をしている。

「先に声をかけるべきだろう」

不快感も露に、眉を寄せて抗議する。御園は、芝居がかった仕草で両手を肩口まで上げて、おざなりな言葉で流した。

「ハイハイ、悪かった。ココが、これから一週間の住まいだ。狩野から回ってきたプランには一通り目を通したが……俺が感じたコンセプトに一番近い建物を選んだから、参考程度にはなるだろう」

「……そう、か」

喬一は、小さく相槌を打った。『狩野』が『御園』に回したプラン、か。つぶやきに、苦いものが滲み出なかっただろうか。

自分が計画書の最終的な決定稿に目を通したのは、日本を出発する直前だった。仕上げを手がけたのは、喬一に代わって『狩野』を継ぐことになるはずの北斗だ。

細かな修正や環境への配慮が織り込まれたそれは、喬一が携わっていた当初のものより優れていると認めざるを得ないものだった。四角四面な考え方しかできない自分では、あれほど柔軟に考えられないと……まざまざと見せつけられた。

なにものにも囚われることなく、奔放に世界中を飛び回って好き勝手していた腹違いの弟を、無能な道楽者だと嘲笑することはもうできない。

複雑な気分になっていると、御園は独り言のように口を開く。

「今の時期は、誰も使っていないはずだからな。メイドの数も最低限に抑えている。気が済むまで好きに城内でも庭でも見学すればいい。なにか必要なものがあれば、すぐに用意させる」

まるで、ここが自宅のような言い様じゃないか。

チラリと頭を過ぎったそんな疑問は声に出さなかったけれど、顔に表れていたのかもしれない。

喬一と視線を絡ませた御園は、笑みを深くして言葉を続けた。

「俺の所有物ではないが、別宅というところか。父親の持ち物だからな」

「は……この、城が」

この男がドイツ出身だということは、知っていたけれど……城を所有する家柄だとは初耳だ。

驚く喬一に、御園は世間話でも語るかのように淡々と答える。

「何代か前のジイサンが、手に入れたモノらしいけどな。ドイツ国内に、同じような建物があと四つある」

もう、言葉もなかった。この手の『城』を、複数だと？　祖父曰く、『成金』では不可能だ。

説明を求めたかったけれど、口を開こうとしたところで静かにベンツが停まり、タイミングを逃してしまう。

外からドアを開けたのは、『執事』という言葉から連想するままの服装を身に纏った、初老の紳士だった。

車から降り立った御園に、『お久し振りです』と声をかける。

御園は流暢なドイツ語で、一週間ほど滞在する旨を告げて、喬一に車から出るよう促した。

『……俺の客人だ。キョウイチ・カノウ』

『よろしく……お願いします』

ドイツ語については、簡単な日常会話に加えてほんの少しビジネス用語を理解できる程度しか習得していない。喬一の口から出た挨拶はぎこちないものだったはずだが、紳士は背筋をピンと伸ばしたまま、表情を変えることなく目礼を返してきた。機械仕掛けのロボットみたいだ。

その紳士の前を横切りながら、御園が喬一を振り返った。

「使用人たちは、一切の詮索をしない。呼ばなければ顔を見せることはないし、存在も気にしなくていいから寛げ」

日本にいる時より更に尊大な態度は、生まれながらの『王』のようだ……という初対面の第一印象そのものだった。

ここしばらくで、かなり御園という男について知ったつもりだったが、また正体が掴めなくなる。

ドイツで生まれ育った。その経歴が偽りではないということは、わかった。外見的にもドイツの血が流れていると疑いようもないし、由緒正しい家系に違いない。でも、日本名を持ち……『御園』という企業を背負っている。

疑問は多々あれど、直接御園に尋ねるのは『おまえに興味を持っている』と歩み寄るみたいで悔しい。

気がつけば、心身ともにこの男に振り回されてばかりだ。

「喬一、部屋は俺と一緒でいいだろう」

日本の、御園の屋敷とは比べ物にならない荘厳な建物だ。あちらはよくある『洋館』だが、ここは外観どおりの『城』で、ゴツゴツとした石造りの床には微妙な凹凸がある。

うっかり躓くことのないよう、足元に意識を集中させていた喬一は、御園の言葉に眉を顰めて顔を上げた。

「冗談じゃない。プライベート空間は確保させてもらう」

「……この城、出るぞ。夜な夜な、廊下に甲冑の音を響かせて……っていうのは冗談だが。所有物は常に手元に置いておきたい。目を離した隙になにがあるか、わからんからな」

くだらない冗談に、笑ってやる義理はない。なにより、所有物という単語が気に障った。喬一は、不快感も露に言い返す。

「……誰が、誰の所有物だ」

「立派な鑑札をつけておきながら、まだ反発するか。頑固ものめ」

数歩前を歩く御園は、余裕の態度でクックッと肩を揺らす。その憎たらしい広い背中を睨みつけ、ギリギリと奥歯を噛んだ。

御園の言う『立派な鑑札』は、忌々しいことに今も喬一の胸元を飾っている。特殊な細工が施されているというのは出まかせではないらしく、痛みが治まってから幾度となく外そうと試みたのに、どうしても外し方がわからないのだ。

華奢な作りに見えても、力ずくでどうにかすることもできず……不本意ながら装着したままになっている。

「室内の調度品が最上級で、窓から見える景色が一番いい部屋を用意させた」

だから、この部屋を使え……と。

木製の扉の前で歩みを止めてポツリと口にした御園が、どんな顔をしているのか……確認することはできない。返す言葉も思いつかなくて、喬一は無言のまま石造りの廊下に視線を落とした。

《六》

滞在三日目、か。

大きな出窓にかかっている分厚いカーテンを開いた喬一は、そこからの眺めに目を細めた。窓を開け放つと同時に、吹き込んできた風が前髪を揺らす。

手入れの行き届いた広大な庭には色とりどりの花が咲き誇り、その先にキラキラと朝陽を弾く湖面が見える。

石造りということもあってか、正面から見た時は雄々しいまでに無骨な印象を感じた城だが、裏手に回れば優美な風景が広がっていた。御園の言った、一番眺めのいい部屋を用意させたという言葉に偽りはないだろう。

「起きたか、喬一。朝食だ」

背後から声をかけられ、出窓に手をかけたままパッと振り向いた。両手でトレイを持った御園が立っている。

最初に最低限の使用人しかいない、とか……こちらから声をかけなければ、姿も見せないと言われていたとおりに、まるで御園と二人きりで滞在しているような状態だ。

朝食はこうして御園が部屋まで運んでくるし、昼食はテラスのガーデンテーブルに用意されている。夕食はダイニングに並べられていて、そこでようやく給仕のメイドと顔を合わせることになる。

ただ、彼女たちは御園にも喬一にも一言も話しかけてこない。食卓に並べるワインやビールの銘柄、肉の調理法などの御園の指示にも、伏せ目がちにうなずくのみだ。

ここに来た際、自分たちを出迎えた執事らしき紳士をロボットのようだと思ったが、使用人すべてが電子制御されたロボットだと言われても不思議ではない……とあり得ないことを考えるくらい、こちらに干渉しない。悪意を持って無視されている雰囲気ではなく、ただ『出しゃばらない』のだ。

気楽と言えば気楽かもしれないけれど、自分が透明人間になってしまったみたいで妙な感じだった。

「スープが冷めないうちに食え」

アンティークショップでしか見かけないような、レトロゴシックなテーブルセットにシルバーのトレイが置かれる。

無言でうなずいた喬一は、背もたれ部分に繊細な透かし彫りが施されたイスを引いて腰を下ろした。

正面にいる御園は、白いシャツにジーンズというカジュアルな服装だ。喬一も、開襟シャツに薄手のカーディガン、チノパンツという寛いだ衣服で、こうしてネクタイを締めることのない毎日を過ごしていると必要以上に気を抜いてしまいそうで困る。

「今日はどうする？　湖にボートを出して釣りをしてもいいし、近くの牧場でヤギの子が生まれたらしいから見に行くか？」

「……任せる」

視察という名目でここに滞在しているはずだが、御園はまるでのん気なバケーションを楽しんでいるみたいだ。

昨日は、湖の周りに広がる森に自生しているという野イチゴ狩りに連れ出され、一昨日は馬で遠乗りをし……正直言って、慣れないことばかりで疲れた。

ただ、ドイツでの御園は日本にいる時と雰囲気が違う。不遜で尊大、年齢不相応に偉そうだというイメージだったのに、屈託ない笑顔を見せられると確かに年下の青年だと感じて、戸惑うばかりだ。

どう言えばいいか……伸び伸びとしている。

「決めた。今日は釣りだ。牧場は明日にしよう。絞りたてのミルクを飲むこともできるし、フレッシュチーズも作れる。チーズ、好きだろう？」

「……まぁ、嫌いではない」

御園は、黒いドイツパンにチーズを挟みながら子供のようにプランを語った。そのサンドイッチを当然のように差し出されて、反射的に受け取ってしまう。

直後、しまった……と顔を顰めた。

ドイツに来て以来、変に調子が狂っているらしく、これまでのようにツンケンと御園を突っぱねることができない。御園も日本にいる時とは違っていて、必要以上に高圧的な振る舞いをすることなく普通の『友人』のように喬一を扱うのだ。なにもかも、戸惑うことばかりだ。

「コンセプトは、日本にいながら本場ヨーロッパを体験できるように……か。全周五キロ程度の小島なら、不可能ではないな。気候ばかりはどうしようもないが、連絡船に乗る段階から異国の雰囲気を全面に出して……スタッフも欧米系で募集をかけるか」

「……」

御園の口から出るプランを聞きながら、喬一は無言でチーズサンドイッチを齧った。あまり味気を感じないのは、食べ慣れないドイツパンの水分量の少なさだけが原因ではないだろう。

この男は、リゾート計画に関する決定権が喬一にないことを知っているはずだ。なのに、わざわざ計画を語る。どうせ無関係だろうと馬鹿にしている雰囲気でもないし、なにを考えている？

喬一は怪訝な表情になっていると思うが、御園はとことんマイペースだった。

「ランチは、バスケットに詰めさせるか。ビールもいいが、今日はワインかな。デザートは、昨日採った野イチゴのパイ」

まるで、子供がピクニックに心躍らせているようだ。ついうっかり、頬を緩ませてしまった。

緊張感のない顔を御園に見られてしまう前に、スッと顔をうつむける。そうして目を逸らしたので、

「ここにいたら……日本の窮屈さを忘れるだろう？」

ポツリとつぶやいた御園が、どんな顔をしていたのかはわからなかった。

喬一に向かって、日本は窮屈だろうと情けをかけているのか……御園自身のことなのか。

わざわざ聞き返そうとは思わないので、確かめる術はない。

ただ、窓から吹き込む風や、小鳥の囀《さえず》りが心地いいのは確かで。これほどゆったりとした気分になったことは、これまでなかったかもしれない。

自分を知っている人間は御園だけという非日常な空間が、喬一をいつになく凪いだ気分にさせる。

……この男の存在こそが、最も煩わしくて厄介で忌々しいもののはずなのに。

今、自分の内にある感情すべてが不可解としか言いようがなくて。穏やかな空気に反発するように、意識して険しい表情を繕った。

□　□　□

空の一部がラベンダー色に染まり、夕暮れを告げている。巣へ戻るのか、賑やかに鳴きながら小鳥の群れが森に向かった。

凪いだ湖面も、夕陽を映して茜色に色を変えている。御園は船着場となっている桟に手漕ぎの小さなボートを停めると、軽快な動きで船を降りた。

「大丈夫か？」

「……貴様に心配されることではない」

ほとんど波のない穏やかな湖に浮かぶボートで船酔いなど、無様の一言だ。

気遣われること自体が悔しくて、無愛想に答えた喬一は差し出された御園の手を振り払った。

まるで、女性をエスコートするような仕草も気に食わない。

「そうか？　ま、湖に落ちないよう気をつけろ」

喬一の意地などお見通しだとばかりに、御園は、仕方ないな……とでも言いたそうな余裕の滲む微笑を浮かべる。

年下のくせに、気に食わない。

ムカッとしたけれど、ここで言い返すのはますます大人げないということは、喬一にもわかっている。グッと唇を引き結び、反論を飲み込んだ。

なんとか岸に上がり、地面を踏み締める。それでも船に揺られている感覚が残っているようで、ふらふらとおぼつかない足取りで歩く喬一に合わせてか、御園はゆったりと足を運んでいた。

「……？」

城の入り口に差しかかったところで、突然扉の陰から人影が二つ現れる。どちらも、御園と同じくらいの体格をした男だ。

『本当だ。ユージーンがいる』

『な、俺が言ったとおりだろう？　フランクフルトで、国内線の乗り継ぎカウンターにいるのを見かけたからな。ここだと思ったんだ』

並んで歩いていた御園が、ピタリと足を止めた。喬一も立ち止まり、説明を求める視線を向ける。

御園は、正面に立ち塞がった二人を無表情で見据えていた。

『ゲオルグ、ハインツ……』

低く、ポツリと二人の名前らしきものをつぶやく。

この二人が現れたと同時に、それまで上機嫌だった御園の纏う空気が温度を下げたと感じたのは、気のせいではないはずだ。

『レオンベルガーの名前を持たない人間が、我が物顔でここにいるとはな』

右側の男が口を開くと、御園は頬を強張らせてグッと眉間にシワを寄せる。日本にいる時もここに来てからも、一度も目にしたことのない硬い表情だ。

反して、二人の男はニヤニヤと妙な笑みを浮かべている。

『ふ……っ、ずいぶんと毛色の変わったのを連れているな』

自分をジロジロと眺めながらの言葉に、喬一はピクッと眉を震わせた。

こちらがドイツ語を理解できないと思っているのか、わざと神経を逆撫でしようとしているのか……どちらにしても、不躾な言い様だ。

言い返していいものか迷う喬一に代わり、御園が反論した。

『大切な仕事上のパートナーだ。失礼な言い方をしないでいただきたい』

硬い声でそう口にした御園に、左側に立つ男が眉を跳ね上げた。見せつけるように、長い腕を組む。

『へーえ。仕事の……ね。日本でそれなりにやってるのか』

『ま、あちらのお爺様やお婆様は、どうしても後継者が欲しかったみたいだからな。ユージーンの実力でなくても、そこそこの成果を収められるようにお膳立てされるだろう。伝統あるレオンベルガー家を守らなければならない我々とは違い、気楽なものだ』

喬一には、ドイツ語の微妙なニュアンスまではわからない。ただ、断片的にでも理解できる言葉を繋ぎ合わせただけでも、この二人が御園を侮辱しているのだと察することは可能だった。

御園が、身体の脇でグッと拳を握り締めるのが目に映る。

「喬一、行こう」

「あ？　あ、ああ……」

軽く背中に手を当てられて、止めていた歩みを再開するよう促される。二人の男から目を逸らした喬一は、唇を引き結んで城の中に足を踏み入れた。

極力気にしないよう努めていても、二人に凝視されていることは感じる。

頭の天辺から足元まで、ジットリとした湿度の高い視線で……無遠慮に観察されているとしか思えない。

露骨に御園を見下している二人の正体。ろくな反論をせずに受け入れている、らしくない御園。容姿が似通っていることから身内だろうという推測はできるが、決して親しげではない。

尋ねたいことはいくつもあったけれど、強張った御園の横顔が話しかけることを躊躇わせる。

立ち並ぶ男二人の脇を通り抜けて数メートル進んだところで、二人のうちどちらかの声が背中を追いかけてきた。

『ユージーン。俺らも、数日ここに滞在することに決めた』

『……好きにしたらいい。あんたらのモノだ』

御園は、振り返ることも歩みを緩ませることもなくそれだけ言い返して、石造りの廊下に足音を響かせる。

背中に当てられた御園の手に、グッと力が篭った。

「ぁ？」

うとうと眠りに落ちかけていたのに、パジャマの生地越しに身体を探られる感触で意識を引き戻された。

ビクッと肩を震わせた喬一は、目元を擦りながら背後を振り向く。ベッドヘッドの部分にある淡いライトの光に照らされて、御園の顔が浮かび上がっていた。

裸眼でもハッキリ見ることができる至近距離で紫紺の瞳と視線が合い、驚いて肩を震わせる。

「な……っ、なんだ」

「なんだとは、愚問だな。俺が俺のものをどうしようと、勝手だろう」

ほとんど抑揚のない低い声でそれだけ口にして、肩を掴まれる。横向きだった身体を仰向けに反転させられた直後、勢いよくパジャマの前を開かれた。

「……ッ！」

随分と乱雑な扱いだ。睨みつけた御園は、感情を窺わせない無表情で喬一を見下ろしている。

ここに来て、四度目の夜になる。こうして同じベッドを使っているにもかかわらず、御園は一度も手を伸ばしてこなかった。二日目までは身構えていたけれど、昨夜と今夜はすっかり警戒が薄れていた。

油断させておいて、これか。

愚かにも気を抜いてしまった自分と、卑怯な手段に出た御園……どちらにより憤ればいいのか、わからない。

「誰が、貴様のもの……ッ」

「俺のものだろう。こうして、所有印もある」

胸元にある細い鎖を軽く引っ張られて、言いかけた言葉を途切れさせた。

傷はすっかりと癒えており、今はもう触れられても痛むことはない。

ただ、刺激を与えられるとピリピリと微弱な電流が走るみたいで、全身の産毛が逆立つ感覚に襲われる。

背中を屈めた御園が留め具部分に舌を這わせると、濡れた感触に続いてひんやりとした空気が肌を撫でる。

「ぁ……」

自分があらぬ声を漏らさないよう、奥歯を噛み締めた。御園を押し戻そうと無意識に伸ばした手を、強い力で掴まれる。

「大人しく抱かせろ」

「ふざけるな。誰が、大人しくなどっ」

「まぁ、好きに抵抗してもいいけど……縛られたいのだと解釈するぞ」

低い声でそう口にしながら喬一を見下ろす御園は、真顔だった。

いつも、どこかしら余裕の滲む空気を漂わせているのに、今は全身に棘を纏っているみたいだ。

夕食の席でも、いつになく口数が少なくて妙だなと感じていたけれど、あきらかに様子がおかしい。

なんとも形容し難い戸惑いが込み上げてきた。

しかし、引きずられて譲歩してやるには、わずかながら残されている喬一のプライドが邪魔をする。

「そ……うして理由をつけて、倒錯的な行為に走りたいだけだろう。この変態」

鋭い目で睨みつけて言い返すと、御園は意外な表情を見せた。強張っていた頬を緩ませて、かすかに唇の端を吊り上げる。

「ふ……おまえは、こうでなければ。従順なだけの人形を組み敷くのはつまらん」

真意を読むことのできない、表情と声だ。

ただ、目を逸らしたら負けだと……そんな意地に突き動かされ、淡い光に浮かび上がる紫紺の瞳を見据え続けた。


「相変わらず、野蛮な男だ」

傷とまではいかないが、赤く擦れた痕がグルリと手首を囲んでいた。自分の視界にも入れたくないので、シャツの袖口を落ち着きなく引っ張る。布が肌を撫でると、ヒリヒリと痛みが広がった。

ゆっくりとした歩調で廊下を歩く喬一は、険しい表情になっているはずだ。身体のあちこちに、手荒に扱われた余韻が色濃く残っている。

なにが腹立たしいかと考えれば、抵抗しつつ最後は快楽に流された自分自身だ。認めたくないが、あの男に組み敷かれて身体を弄ばれることに慣らされ……一生知り得なかったはずの受け入れる側の快楽を覚え込まされてしまった。

そうして、喬一を声も出なくなるほど翻弄しておきながら……。

「のん気な顔で寝やがって」

部屋に残してきた御園の寝顔を思い出し、上品とは言い難い一言をつぶやく。渇いた喉に声が引っかかるみたいで、喉元に手をやった。

あの男は満足するまで喬一を弄ぶと、電気が切れたロボットのようにパッタリと眠りに落ちたのだ。

しかも、両腕で喬一を抱き込んだまま……。

眠っていながらも拘束するかのように身体に絡みついており、長い腕から逃れるのに苦労した。

喉の渇きに耐えかねて部屋を出たのはいいが、厨房がどこにあるのかわからない。

よく考えれば、これまでは朝食だけでなく飲み物や軽食に至るまでのすべてを、御園が部屋まで運んできていた。

深夜に目が覚めても、ベッドサイドのテーブルには当たり前のように喉を潤す飲み物が用意されていたのだ。

日が落ちて、照明の乏しい薄暗い廊下を喬一がこうして歩くのは初めてだった。

「ッ、不気味だな」

ひんやりとした空気の流れる石造りの床は、細心の注意を払っても足音を吸収することがなく、カツカツと自分の靴音が響く。壁には数メートル間隔でランプ形の照明器具が備えつけられているけれど、過剰ともいえる現代の明るさに慣れた喬一にとっては薄暗いと感じるものだった。

こんな時に限って、書籍で目にした……中世の城にまつわる数々の血生臭い伝奇が思い浮かぶ。お伽噺のように、綺麗なものばかりではない。

じわりと湧いた心細さを誤魔化すように、独り言をつぶやいた。

「いっそのこと、バスルームの水を飲めばよかったな」

喬一が滞在している部屋には、続きになっているバスルームがあるのだ。そんなところの水を飲むという発想がなかったので、こうして厨房を目指したのだが……今になって己の頭の固さを悔やむ。

「ッ！」

うつむき加減になりながら角を曲がったところで、なにかにぶつかってしまった。慌てて足を止めた喬一の頭上から、低い声が降ってくる。

『おや、これはこれは』

「失礼」

どうやら、誰かの背中に体当たりしてしまったらしいと気づき、咄嗟に日本語で謝罪する。

「あ……」

喬一を見下ろしていたのは、夕方に顔を合わせた男の一人だった。

こうして近くで目にすると、体格だけでなく顔立ちまで御園と似通っていることを確認できる。違いは……艶やかな黒髪に少しだけ癖があることと、瞳の色がグレーっぽいというところか。

年齢的には、自分と同じくらいかこの男がいくつか上だろう。

単純に考えれば、御園の血縁者……兄か、せいぜい従兄弟といった関係か？

『一人でふらふらと……子猫チャンは、深夜の散歩か』

スッと人差し指を顎の下に差し入れられて、顔を上げさせられる。その仕草にも言い様にもカチンときて、喬一は勢いよく男の手を振り払った。

「無礼な」

この男が日本語を理解できるか否かなど、この際どうでもいい。ドイツ語か英語で苦情をぶつけてもよかったけれど、咄嗟に頭に浮かんだ最も適した表現が、日本語の『無礼者』だったのだ。

『生意気な』

喬一の態度が気に食わなかったのか、男は目を眇めて振り払われた手をぶらぶらと揺らした。

顔立ちは御園とよく似ていても、纏うオーラがまるで違う。これまで、御園を『傲慢』だとか『不遜』だと感じていたが、この男を前にすると御園など可愛いものだったのだと考えを改めた。

こうして、背を伸ばして立っているのがやっと……というくらい、圧倒的な存在感に気圧される。

『ユージーンの躾が悪いのか？』

低くつぶやいた男は、眉を寄せて不快感を隠そうともせずに喬一を睨み下ろしている。

ユージーン、有仁……か。

『愛人の一人もきちんと躾けられないなど……』

『彼とは、そんな関係ではない』

黙っていられなくなり、硬い声で男の言葉を遮った。

喬一がドイツ語で言い返してくるとは思ってもいなかったらしく、男は目を瞠って露骨に驚きを表す。

『ドイツ語が理解できるのか』

『……まぁな』

理解できるというほど、堪能なわけではない。俗に言う、ハッタリだった。

けれど、こちらがなにを言っているのかわからないだろうと侮っている時とは違い、不躾な言葉遣いを改めるはずだ。

そんな喬一の思惑は、甘かった……と、直後に思い知らされる。

『へぇ、それはなかなか面白い。あいつは随分と可愛がっているようだが……どうだ、俺にも少し試させないか？』

奇妙な笑みを浮かべてそう言った男が、手を伸ばしてくる。首筋に指先が触れた瞬間、ゾッと悪寒が走った。

頭で考えるよりも早く、身体が反応する。

『ごめんだ』

答えた時には、男の手を叩き落としていた。先ほどよりも明確な拒絶に、男の顔から笑みが消える。

『そんな関係じゃない？　そんなモノを身に着けておきながら、白々しいな。ユージーンより楽しませてやると言っているんだ』

「……ッ！」

しまった。迂闊にも、シャツのボタンをきちんと留めていなかった。

男に指差された胸元からは、胸の突起に装着されたピアスと両の乳首を繋ぐ細い銀色のチェーンが覗いている。

なにも言い逃れができなくて、足を後ろに引いた。

こうなれば、格好をつけて虚勢を張っている場合ではない。

逃げるのが賢明だと踵を返そうとしたところで、素早く伸びてきた手に強く二の腕を掴まれて眉を顰める。

『もっと上質な……ダイヤのついた飾りを贈ろうか』

『いらん。手を離せっ』

『日本人は従順だと聞いていたが、可愛げのない。……それでも傍に置くということは、よほど身体の具合がいいのか？』

勝手なことをつぶやいた男が、掴んだ喬一の腕を引き寄せる。足を踏ん張っても体格で負けて、男の胸元に身体を預ける体勢になってしまった。

「や……離せっっ」

それ以外の言葉が出てこない。この男に日本語が通じていようがいまいが、どうでもよかった。

シャツ越しに伝わってくる体温が気持ち悪くて、ひっきりなしに寒気が背筋を這い上がる。

こんなにも嫌悪感を覚えることが不思議になるほど……頭で考えるより先に、身体中が拒絶していた。

嫌だ嫌だ嫌だ。ただひたすら、気持ち悪い。

御園に初めて触れられた時、拒絶感や屈辱感はあったけれど、これほどまでの嫌悪はなかった。

『ハインツ！　喬一を放せ！』

「あ……」

聞き覚えのある声が背後から聞こえてきた途端、全身の力が抜けるほどの安堵が込み上げてきた。

同時に、こんなふうに御園という男に依存する……無意識に頼っていた自分がショックで、愕然とした気分になる。

御園が来て、ホッとした？

頭に思い浮かんだものを、即座に否定する。

そんなわけ、ない。自力で、どうにか切り抜けられたはずだ。助けてもらおうなどと、甘えたことを考える自分が……許せない。

『ユージーン……。なにも、譲れと言っているわけではない。ほんの少し、味見をさせるくらい構わないだろう』

ハインツと呼ばれた男は、当然のように信じ難い言葉を口にする。

まさか、彼らにとってベッドを共にする相手を譲り合うのは日常的なことなのかと、おぞましい懸念が湧いた。

御園という男自体が、喬一にとっては理解不能の存在なのだ。ここは異国で……御園に対する男の言動からして、更に厄介な人間だとしても不思議ではない。

言葉にできない喬一の不安が伝わったわけではないと思うが、御園はキッパリとした口調で拒否を示す。

『冗談じゃない。汗や涙の一滴まで、俺のものだ』

腹のところに腕が回されて、身体を背後に引き寄せられた。トンと背中がぶつかったのは、御園の胸元だろうか。

御園の体温を認識した直後、嫌悪にざわついていた肌が落ち着きを取り戻す。自分の反応に戸惑っている喬一をよそに、二人は友好的とは言い難い棘のある口調で言葉を交わし続けた。

『心の狭いことだ。コレがそんなに必死になるようなモノか？』

『……答える義理はないな。俺だけが知っていればいい』

そう口にした御園は、フンと鼻を鳴らした。

喬一には、どんな顔をしているのか目にすることはできないけれど、薄ら笑いを浮かべているのだろうと容易に想像がつく。

腹のところに回された腕に、グッと力が込められた。

『俺たちは、明朝にここを発つ。ゲオルグによろしく』

抑揚がほとんどなく、感情を窺わせることのない声だ。硬く冷たい響きに、いつもの能天気さは微塵もない。

ハインツは、喬一と御園をジロジロと眺めていたかと思えば、

『随分と急いで日本に『帰る』んだな。まぁ、またドイツに来た際は滞在させてやってもいい。……君もだ、キョーイチ？　次回は味見させろよ』

ニヤリと妙な笑みを浮かべて、ふざけたセリフを吐きながら喬一の頬を指先で撫でた。

再び、ざわっと鳥肌が立つ。

『ッ、触れるなと言っているのに』

あからさまにからかう仕草だったが、御園は鋭い声で不快感も露に言い残して、喬一を抱き寄せたまま歩き出した。

不安定な体勢のせいで、足がもつれそうになる。

「御園……っ。もう少しゆっくり歩くか、この手を離せ」

不本意な懇願だったけれど、無様に転ぶよりはマシだろうと自分を納得させて、腹に回されている腕を叩きながら窮状を訴える。

歩く速度が落ち、腕の力がわずかに抜けた。それでも、喬一を解放する気はないようだ。

御園は無言で喬一を引き摺るようにして歩き続け、部屋の扉を開けた。中に入ると、大きな音を立てて扉を閉める。苛立ちを隠すことのない乱雑な仕草だった。

寝乱れたままの大きなベッドが、目に飛び込んでくる。ベッドの支柱を蹴った御園が、勢いよく喬一を振り向いた。

「断りなくウロウロするな。だから、ハインツなどに目をつけられるのだ」

苛立ちをそのままに、激しい口調で責められる。これほど余裕のない御園は、初めて目にした。

喬一は気迫負けしそうになる自分を奮い立たせて、理由があったのだと言い返す。

「水が……飲みたかっただけだ。貴様に監視される謂《いわ》れなど」

「あるね。おまえは俺のものだ。指一本でも、他の男に触れさせるな」

大股で距離を詰められたかと思えば、シャツの襟元を掴まれてグッと引き寄せられる。

紫紺の瞳が至近距離に迫り、言葉が喉の奥に詰まった。

これは……なんだ？

御園の瞳に浮かぶのは、憤りだけではなかった。仄暗い、翳のようなものがチラチラと見え隠れしている。

更に踏み込んで『翳』の正体を追究しようとしたところで、スッと視線を逸らされた。

「おまえから誘ったんじゃないだろうな」

とんでもない侮辱に、カッと頭に血が上った。

いつにない苛立ちを纏っている原因は、先ほどの『ハインツ』にあるのだとわからないわけがない。

八つ当たりされているのでは、と。そう思い至ったと同時に、御園の神経を逆撫でするであろう言葉を口にする。

「ふざけたことばかり言ってくれるな。貴様は、あのハインツとかいう男が気に食わないだけだろう。自制心を失うほど、なにを意識している？」

喬一が『ハインツ』の名前を出した瞬間、御園はギリッと奥歯を噛んだ。再び喬一を見据える瞳にも、激情の一端を覗かせる。

ただ、そうして感情を窺わせたのはほんの数秒で、すぐさま表情を消す。端整な顔に一切の感情がない……能面のような無表情は、怒りを浮かべていた時より遥かに迫力があった。

「……どうでもいいことだ。おまえには関係ない。一番早い便で日本へ帰る。夜明けと同時にここを発つことになるから、荷物を纏めろ」

低い声で言い終えると、掴んでいた喬一のシャツから手を放して踵を返した。こちらに向けられた広い背中が、なにもかもを拒絶しているようだ。

怒らせてやろうという意図で言い返したのに、拍子抜けしてしまった。それほど、触れられたくない部分なのだろうか。

問い詰めようとしても、この様子では口を割ろうとしないだろう。なにより、御園に興味を抱いていると思われるのもごめんだ。

唇を引き結んだ喬一は、無数にある疑問をすべて飲み込んで部屋の隅に置いてあるスーツケースへ足を向ける。

滞在予定日はあと二日残っているのに、強引に繰り上げて日本へ帰国する……か。

何故だと問うまでもない。理由は明白だった。

あの二人が来たから、逃げるのだろうと揶揄すれば御園の殻を突き崩せるはずだ。

これまで、散々煮え湯を飲まされてきたのだから……意趣返しのチャンスではないだろうか。

頭にはそう思い浮かんだけれど、どうしても実行に移すことはできなかった。

あの『ハインツ』と対峙していた時の張り詰めた空気、喬一を引き寄せた腕の強さ、至近距離で目を合わせた紫紺の瞳に浮かんでいた、かすかな傷……。

なにもかもが、喬一から言葉を奪う。

こうして感情を掻き乱そうとする御園が、やはり腹立たしい。常に冷静であろうとする自分を、コントロール不能にするのはあの男だけだ。

ハインツの手から引き離された瞬間、どこからともなく込み上げた安堵の正体もわからなくて気味が悪い。

ハインツには、指先で撫でられただけで腕に鳥肌が立った。でも、御園の体温には嫌悪が湧かなかった……その理由はなにか。

スーツケースを前にして取り留めなく思考を巡らせていたけれど、ふと疑問が過ぎった。

直後、手を止めた喬一の頭に「考えるな!」と、激しい警鐘が響く。

喬一はビクッと手を震わせると、ゆるく頭を振って警告に従った。

「……」

こっそりと顔を横に向けて窺い見た御園は、黙々と自分のスーツケースに私物を収めている。喬一に背中を向けたままなので、なにを思っているのか推測することはできない。

つい半日前までは、妙に楽しそうだったのに……あの二人が現れたことで、空気が一変してしまった。

ハインツとゲオルグ。レオンベルガー。

かすかな吐息をついた喬一は、キーワードとなるそれらの名前を、記憶の隅にそっと仕舞い込んだ。

《七》

キシキシと床板を踏む音が、静かな廊下に響いている。

喬一は自室の襖の手前でその足音が止まったことに気づき、視線を落としていた書類から顔を上げた。

一拍置いて、襖越しに遠慮がちな声が聞こえてくる。

「兄貴、悪い。ちょっといいか？」

「……なんだ。土産はないからな」

「や、土産の催促じゃなくてさ……じいさんがお呼びだ」

どうしてあの人は、いつも雅次に自分を呼びに来させるのか。眉を寄せた喬一は、一つため息を零して腰を下ろしていた座布団から立ち上がった。

ドイツから戻ったのは、昨日の深夜だ。一応、旅疲れがあるだろうと気遣われていたのか、朝食や昼食に顔を出さなくてもなにも言われなかったのだが……さすがに報告を求められているのかもしれない。

「すぐに行く」

「……ん」

短く答えると、足音が遠ざかっていった。どうやら、強引にでも連れて来いとまでは言いつけられていないらしい。

祖父に呼ばれたからには、待たせるわけにいかない。

気は進まなかったけれど、シャツやスラックスの皺を伸ばして身繕いをすると、廊下に繋がる襖を開いた。

廊下を踏み締める靴下越しに、床板の冷たさが伝わってくる。

昨今は日本国内でも珍しい純和風建築の狩野家は、なにもかもスケールが違うとしか表現できないドイツの『城』とは対極の建物で、切り替えがうまくできていないのか奇妙な感覚に襲われる。

ドイツで過ごした数日は、まるで、長い夢を見ていたみたいだ。

「つと、失礼」

直角の廊下を曲がったところで、人影と鉢合わせした。喬一の顎あたりで揺れている髪質には、見覚えがある。

どうも彼とは、出会い頭の事故のようにこうして顔を合わせるようになっているらしい。

不本意なのは、きっとお互い様だ。

「こっ、こんにちは」

「またシゲのところで訓練か。熱心なことだ」

皮肉をぶつけるつもりではなかったけれど、口をついて出たのはそんな一言だった。世浬は不快感を表すでもなく、喬一を見上げたまま目をしばたたかせる。

「えっと、今日は北斗……に」

「ふ……ん。仲睦まじいことで結構だな」

他人の未来を覗き見ることができるという世浬の目は、苦手だ。

自分が隠そうとしているものを、すべて暴かれてしまいそうで……必要以上に嫌な態度を取ってしまう。

これ以上世浬と向かい合うのは避けたくて、脇を通り抜けようとした。一、二歩足を踏み出したところで、

「あの、喬一さんっ」

予想外なことに、世浬に名前を呼ばれて立ち止まる。

これまでの経緯を思えば嫌われているのは確実で、世浬にとって関わりたくない人間のはずだ。そんな人間をわざわざ呼び止める理由は、なんだ？

怪訝な表情を浮かべた喬一は、振り返ることなく口を開いた。

「急いでいるんだが」

「ごめんなさい。その、続けて夢を……見たんです。喬一さん、の」

「私の……？」

世浬の見る『夢』。無視できなくて硬い声で聞き返した喬一は、グッと肩を強張らせてしまう。

心臓が、奇妙に鼓動を速めていた。背中を冷たい汗が伝う。

「余計なことだと思いますけど、なんていうか……心に素直になるのが一番だと思います。立場とか、なにも考えずに」

「本当に余計なお世話だ。私の立場についての助言など、無用」

身体の脇で両の拳を握った喬一は、最後まで聞くことなく世浬の言葉を遮って歩みを再開させた。

一度も振り返らなかったので、世浬がどんな顔をしていたのか知ることはできない。

……心に素直に？　あの子供は、なにを言っているのだろう。

いくら世浬が子供でも、『狩野』において今の喬一が置かれている立場がどんなものか、大まかにでも予想できるはずだ。

後継の座を退いたからには、役立たずと同意語なのだ。

祖父の言いつけに従い、せいぜい『狩野』のため便利な駒として使われるのが関の山だと、自分でもわかっている。

「くっ……」

世俚に対する数ヶ月前の自分の行いを思い出せば、自然と自嘲の笑みが浮かぶ。

彼にしてみれば、侮っていた北斗と完全に立ち位置が逆転した今の喬一は、さぞ滑稽だろう。

クックッと声を殺して笑いながら廊下を進んだ喬一だが、祖父が待ち構えている広間の前で足を止めると、グッと表情を引き締める。

「……お待たせしました。失礼してよろしいでしょうか」

「入れ」

応えを確認して、静かに襖を開けた。

視線を畳に落とし、足を踏み入れる。ゆっくりと広間の奥に向かい、祖父の鎮座している座布団の前で膝を折った。

「ドイツでの視察は参考になったか」

「はい。一両日中に、報告書を纏めます」

「ふむ……首尾よく終えたのなら、急がなくともいい。それより、昼過ぎに御園から連絡があったんだが」

御園という名前が耳に入った瞬間、膝に置いた手をピクッと震わせてしまった。

幸い、かすかな動揺は祖父に見咎められなかったようだ。これまでと同じ調子で言葉を続ける。

「あそこが、なにを思っておるのか……今一つ読めんのだが」

「はい？」

よくも悪くも明快な祖父が、こんなふうに言い澱むなど珍しい。短く相槌を打った喬一の声には、隠し切れなかった警戒が滲んでいたかもしれない。

ふっと小さく息をついた祖父の口から聞かされたのは、予想外の一言では言い表せないほど驚愕の内容だった。

「見合いを申し出てきた」

「は、見合い……ですか」

驚きのあまり、思わず顔を上げる。復唱した声にも、たっぷりと戸惑いが含まれていたはずだ。

当事者である喬一だけでなく、祖父も怪訝さを顔に浮かべて首を捻っていた。

「そうだ。お相手は、御園家の令嬢……凛華さんだ」

御園凛華。

なにも聞かされずにあの男に呼び出された際、顔合わせの相手かと思い込んでいた人物の名だ。

自分には無関係だとわかり、とっくに記憶の隅へと追いやっていた。こうして聞かされなければ、思い出すこともなかっただろう。

「私……ですか？」

「ああ、おまえを指名してきた。ホテルのレストランだかで見かけたという話だが……憶えはあるか」

ホテルのレストランか。そういえば……御園がエスコートしていた少女は、あの男を『お兄様』と呼んでいた気がする。

その後に我が身に起こったコトが強烈過ぎて、御園が伴っていた少女のことなど忘却の彼方に吹き飛んでいた。

「……ええ。一度、すれ違っただけですが」

ただ、挨拶を交わした記憶もないし目を合わせてもいない。

それが、どうして自分を指名しての『見合い』になるのか、困惑するというよりただひたすら不思議だ。

『あいつとの見合いだと思ってた……ってことか？　それじゃあ、襖を開けて俺がいたらビックリするよなぁ』

若い娘との見合いだと浮かれて、のこのこ出向いたのだろう……と。

喬一の被害妄想かもしれないが、揶揄を含む御園の言葉が耳の奥によみがえる。芋づる式に、続いた展開まで呼び起こされ、胸の奥が苦いものでいっぱいになった。

その少女と自分が『見合い』など、なんの茶番だ。

「見合いなどと堅苦しく考えず、逢って話をするだけでも……ということだ。日曜の正午、新都ホテルのロビーカフェで」

既に、日時だけでなく場所までも決められている。自分には『イエス』以外に選択の余地などないということか。

爪が手のひらに食い込む痛みで、握った拳に力が増したことを自覚する。

「……わかりました。お逢いします」

喬一がそうして応じると、祖父は当然といった風情でうなずいた。御園の機嫌を取るためなら、多少の不可解さなどどうでもいいに違いない。

「では、私はこれで失礼します」

用がそれだけなら、長居は無用だ。祖父に軽く頭を下げた喬一は、膝を伸ばして立ち上がった。

広間を出て襖を閉めた途端、緊張が抜けたのか全身がズシリと重くなったように感じる。

あの男は、御園において全権を握っているはずだ。身内と喬一の『見合い』を、知らないわけがないだろう。

昨夜、空港からここまで御園の車で送られた際は、一言もそのようなことを言っていなかったのに。

「なんなんだ」

ドイツを出て、成田に着いて……この家の前まで。御園は、ほとんど口を開かなかった。飛行機の中ではシートをフラットにして身体を横たえていたが、本当に眠っていたのかどうかはわからない。

あの男の意図が、まったく読めない。

こちらの意思など完全に無視して、『おまえは俺のものだ』と傲慢に言い放つくせに。

それとも、自分以外の男に触れさせるのは気に食わなくても女性なら気にならないとでも言うのだろうか。いや、しかし……今も喬一の胸元を飾る装飾具を着けられたきっかけは、女性と一緒だったところを目撃されたからだ。

我侭な子供のように独占欲を露にして束縛したかと思えば、こうして不可解な行動に出る。

あの男に縛られないのなら、喬一にとっては喜ばしいはずなのに、戸惑いばかりが込み上げてくる。

束縛を解かれそうなことで、不安になっている？

ふと浮かんだとんでもない思考を、慌てて「そんなわけないだろう」と打ち消す。

結局、どういうつもりだと御園を問い詰める『理由』を見つけられなくて。

顔も覚えていない少女には悪いが、「逢ってやろうじゃないか」と苦々しい心境でつぶやいた。

それが当てつけじみた行動だということも、自分が御園のことばかり考えているということも、自覚しないまま……。

□　□　□

視界の隅に人影を捉えて、顔を上げる。テーブルの脇に立つ若い女性と目が合い、腰掛けていたイスから立ち上がった。

あの夜、このホテルの上層階にあるレストラン前ですれ違った少女に間違いない。

「御園凛華さんですね。……初めまして、狩野喬一です」

正確には初対面ではないのだが、互いを認識して挨拶を交わすのは初めてなので、的外れな言葉ではないだろう。

清楚な白い七分袖ワンピースを身に着けている彼女は、ニコリともせずに「お待たせしました。御園凛華です」とだけ答えた。着席するよう促すと、喬一の正面に静かに腰を下ろす。

喬一は、失礼にならない程度に少女を目に映した。

御園の従妹という続柄らしいが、あまり似ていない。

あの男は、誰が見ても異国の血が混じっている外見をしているが、この少女は美形であることは同じでも髪も瞳も漆黒の和風美人だ。どうやら御園という一族は、造作の整った家系らしい。

ホテル一階のロビーにあるカフェは、壁面がガラス張りで明るい日差しがたっぷりと注いでいる。閑散としているわけでも、煩わしいほど混雑しているわけでもなく、適度なざわめきに包まれていた。

彼女は、オーダーを取りに来たウエイターに短く『アイスレモネード』とだけ告げると、口を噤んでしまう。

ここは、男であり年長者の自分が、どうにかするべきだ。そうわかっていても、十代の女性……というより少女と接する機会など普段はないので、なにからどう話しかければいいのかわからない。

彼女の目には、随分と気の利かない男に見えているだろう。

「凛華さんは、この春から大学に通われているんですよね」

沈黙をなんとかしようと無理やり引っ張り出した話題は、我ながら面白みの欠片もないものだった。

運ばれてきた細長いグラスを手に取った凛華は、小さくうなずく。

「……ええ。桃苑《ももぞの》女学園の国際教養学部に」

ストローに口をつけると、一口だけ含んでグラスをテーブルに置いた。すらりと細い指は白く、短く切りそろえられた桜色の爪は育ちのよさを醸し出している。昨今では珍しい、大和撫子《やまとなでしこ》といった雰囲気だ。

どうにか話を続けなければ。そう思った喬一は、凛華の指から視線を逸らして口を開いた。

「国際教養学部ですか。将来は、外国企業を視野に入れた職種に就こうと思われているとか?」

「そうでなければ、この学部を選びません。御園コーポレーションの中枢となるべく、選択しましたの」

静かな言葉の裏に、チクチクと棘を感じる。そういえば彼女は、顔を合わせた時からチラリとも笑みを浮かべていない。

どうも、好意を持たれているとは思えない態度だ。

あちらから喬一を指名して、『逢いたい』と言ってきたと聞いたけれど、能天気に信じられる雰囲気ではなかった。

彼女がなにを考えているのか、まったく読めない。

無意識に、不躾なほど観察する目で見ていたのかもしれない。チラリと視線をこちらに向けた凜華が、ふっと表情を曇らせた。

口を開き、なにを言い出すかと思えば。

「あなたに……興味がありました」

「私に、ですか。失礼だが、興味を持たれるほどの接点があったとは思えないのですが」

随分と唐突な一言だ。不可思議な心地になる。返す言葉に、疑問や訝しさを表してしまった。

「お兄様、御園有仁が執心だというだけで、私にとっては興味の対象です。お兄様を惹きつける、なにがあるのかと」

執心とか、惹きつける……とか。意味深な言い回しだ。

下手に言い返したら墓穴を掘りそうで、喬一は無言を貫いた。そうして、彼女が言葉を続けてくれるのを待つ。

「お兄様の『特別』というだけで、私があなたを嫌うには充分な理由になります。でも、だから……お逢いしたいとお願いしました」

嫌う、と。

シンプルかつストレートな表現だからこそ、偽らざる彼女の本音なのだと伝わってきた。面と向かって嫌いだと告げられたことなどないので、なにもリアクションを取れない。

だいたい、『特別』と強調された一言が引っかかる。

喬一の戸惑いをよそに、彼女は年齢にそぐわないほど落ち着いた口調で、淡々と話し続けた。

「あなたと婚姻を結ぶのも、やぶさかではありません。そちらにとっても、悪い提案ではないはずですわ」

「いえ、それは……私とは年齢も離れていることですし、あなたにとっても本意ではないでしょう？」

彼女自身も、『嫌っている』と堂々と宣言したのだ。それが、どうして『婚姻』云々《うんぬん》という展開になるのか、本気でわけがわからない。

一回りも年下の、十八歳の少女にペースを乱されている。

結局自分は、御園の関係者に振り回されるようになっているのかもしれないと思えば、苦い気分が込み上げてくる。

喬一の心境など知る由もない凛華は、落ち着いた声で言葉を続けた。

「お兄様は、これまで他人を本宅に入れたことなどありませんでした。社交的で誰とでも親しくおつき合いなさっているようで……実際は一定の位置から踏み込ませないよう、キッチリと線引きをしているのです。私に対しても、それは変わらない。なのに、あなたは……麻布の本宅だけでなく、ドイツにまで帯同させたと聞きました。『特別』以外のなにものでもないでしょう」

「……だから、特別だろうと言われましても困りますね。同性の友人関係は、そんなものですよ」

他人を誤魔化すのは、もともと巧みではない。

友と呼べるほど親しい存在がいるわけでもないので、自分でも信憑性があまりないと感じる口調になってしまった。

当然、凛華は不審そうに首を捻っている。

「下手な誤魔化しは不要です。……私も子供じゃありません。従妹であることを理由に私を拒むお兄様が、同性であるにもかかわらずあなたを傍に置くのは、どうしてなのか……直接お逢いしてお話しすればわかるかもしれないと期待しましたが、やっぱりわかりません」

「それは……」

御園に、従兄以上の感情を抱いているということか。その上で、自分を受け入れない相手が執着する存在を見てみたかった……と。

一回りも年下の少女と侮ることのできない女性の怖さを感じて肩に力が入った。

絶句する喬一をよそに、凛華は静かに言葉を続ける。

「私、考えました。あなたと婚姻を結べば、間接的にお兄様との結びつきも強くなる。あなたにとっても、『狩野』や『御園』との関係にとっても……決して悪いお話ではないはずです」

外見の印象は可憐な少女なのに、内面的には逞しい女性だ。御園が有するものとは種類の違う迫力がある。

言葉を失っていた喬一だが、ようやく口を開くことができた。

「……彼は、知っているんですか？」

「お兄様？　ええ、もちろん。私の好きにしたらいいと」

言葉足らずだったと思うけれど、凛華は的確に喬一の聞きたかったことを汲み取る。その上で、思いがけない返答を口にした。

好きにしたらいい、だと？

凛華と喬一が結婚しようが、どうでもいいということだろうか。

頭の中が真っ白になった。

間を持たせようと、コーヒーカップに伸ばした手が小さく震えていることに気づき、膝に下ろす。

動揺を自覚しても、何故かがわからない。

凛華と目を合わせることができず、テーブルにかけられた純白のクロスに視線をさ迷わせた。

「お返事は急ぎません。ゆっくりお考えになってください。……失礼します」

喬一が黙り込んでいるせいか、凛華はそう言い残して席を立った。

立ち上がって見送ることもできなかった無作法な自分に気づいたのは、それから数分が経ってからだった。視線を上げると、レモンが飾られたグラスの脇に過不足のない現金が置かれている。

「はは……あんな小娘に押されっぱなしになるとは」

最初から最後まで、凛華のペースだった。完全に喬一の負けだ。

自分がどんな表情をしているのかわからなくて、怖かった。他人の目から顔を隠そうと、右手を上げて前髪を指先で乱す。

好きにしろ、か。

ドイツから帰って以降、御園からの連絡はない。これまで、三日と空けずに呼び出されていたのが嘘のようだ。

束縛が緩んだのだから喜べばいいのに、唐突に自由を与えられてしまうと不安に似た心境になる。

どうしようもなく不安定な気分だ。自分がどうなってしまったのか、なにもわからなくて気味が悪い。

「なんなんだ、俺は。……あの男も」

ゴチャゴチャになった頭の中を整理しようとしても思考が纏まらなくて、指先に触れる前髪をグッと掴んだ。

いつの間にか、あの自分勝手で傲慢な男に侵食されてしまったのかと、絶望的な気分になる。

御園の顔を思い浮かべれば、触れられてもいない胸の装飾がチリチリと存在を主張して……強く奥歯を噛み締めた。

《八》

凛華と別れて、数時間。

自分一人で考えていても、答えは出なかった。逆に、考えれば考えるほど混乱が増すという悪循環に陥ってしまった。そうして苛立ちが限界に達したところで、喬一は行動に移ることにした。

監視カメラで確認しているのか、門のところにあるインターホンを押せば名乗らなくともセキュリティが解除されて扉が開く。

二度目にここを訪ねた時からそうなので、きっと御園が『喬一が訪問したら不問で通すよう』指示してあるのだろう。

大股で庭の小道を突っ切り、玄関ポーチを上がる。タイミングよく玄関扉が開かれて、いつもながら寡黙なメイドに出迎えられた。

「御園は自室ですか」

「……はい」

控え目な答えにうなずきを返し、すっかり通い慣れた洋館に足を踏み入れる。

案内は無用だとわかっているからか、喬一が我が物顔で廊下を進んでも咎められることはなかった。

御園の自室の前で足を止めた喬一は、ドアに一度だけ拳を叩きつけておざなりなノックをすると、応えを待つことなくノブを掴んで開け放つ。

窓に向かって設置されたデスクに着いていた御園が、ゆっくりと振り向いた。

突然飛び込んできた喬一は不審な訪問者のはずだが、微塵も驚いた様子はなかった。その余裕が腹立たしい。

「よお、喬一。呼び出すことなくおまえからやって来るなど、珍しいこともあるものだ。今夜は雨かな」

飄々とした調子で話しかけられて、ムッと眉を寄せる。思い浮かんだ言葉を、低くポツリと返した。

「……貴様の頭上にだけ、槍でも降ればいい」

「ははは、冗談を返してくることも珍しいな」

「生憎《あいにく》、俺は冗談を口にしているつもりはない。本気だ」

硬い表情で口にする喬一とは対照的に、御園はこれまでと変わりなく茶化しながら笑っている。

ムカムカと胸の内側に渦巻いていた苛立ちが、出口を求めて喉元にせり上がってきた。足を組んでイスに座ったままの御園は、仁王立ちしている喬一の頭から足元まで視線を往復させる。

「休日だというのに、堅苦しい衣装だな」

堅苦しいと言われるほどの礼装ではない。出社用より少しだけ上質のスーツに、緩めてもいないネクタイを締めているだけだ。

けれど、どこか皮肉を感じさせるその言葉で、喬一が凛華と逢っていたことを承知しているのだと伝わってきた。

「ああ。若くて美しい女性と、優雅にティータイムを楽しんだ。心が洗われるような、素晴らしい時間だった」

「……へぇ」

わずかな変化も見逃さないよう……ジッと睨みつけていても、御園の表情にこれといった変化はなかった。

相変わらず、人を食ったような薄ら笑いを浮かべている。実に不快だ。

先に平静を失ったら、負けだ。そうわかっていたけれど、喬一の我慢にもついに限界が訪れた。

「どういうつもりだ」

「なにが?」

「御園凛華。……あの茶番は、貴様の差し金か」

「茶番とか差し金とか、随分な言葉だな」

御園は、表情を変えることもない。憤る自分がおかしいのではないかと錯覚するほど、いつもどおりだ。

「好きにしろと言ったそうだな。俺が、本気であの子と結婚する気になったら、どうする?」

「……できるのか?」

質問に質問で返されて、グッと眉を寄せた。

この男は、なにを考えている? できるのか、という言葉の意味はどう受け取ればいいのだろう。

喬一が口を噤んだせいか、なんとも形容し難い沈黙が流れた。チッチッと時計の針が時を刻む音だけが室内に響く。

体格に見合った大きなイスに座っていた御園が、ゆっくりと立ち上がって喬一の前まで足を運んできた。

無言で見下ろしてくる紫紺の瞳を、唇を引き結んだまま睨み返す。

「もし、俺が凛華と結婚しろと言っても……おまえが嫌なら、断ればいいだけだろう。なにを怒る？」

「っ、俺には拒否権などない！　狩野のために、御園との関係を深くしろと言いつけられれば、従うしかない」

御園も、『狩野』における喬一の立場を知っているはずだ。だから、御園になにをされても逃げたり拒んだりできなかったのだから。

御園と祖父が、喬一と凛華の婚姻を目論《もくろ》んで話を進めるのであれば、喬一は受け入れるのみだ。

喬一の言葉に、御園はスッと目を細めた。

「そうやって、死ぬまで『狩野』という家に縛られる気か。それならどうして、今のおまえはここに押しかけてまで文句を言っている？」

「俺は……、どうしてと言われても」

どうして？　凛華との見合いを御園がお膳立てしたのかと思えば、堪らなく腹立たしくなった。

喬一の意思など無視して、独占欲も露に束縛しようとしたくせに。おまえは俺のものだと傲慢に言い放ち、身体に所有印まで刻んだくせに……と。

確かに、御園の手から解放されるのかと安堵するのではなく、手放そうとする御園に憤る理由など、本来ないはずだ。

「な……んだ、これ」

喬一自身、自分がなにを考えているのかわからなくなってしまった。思考がバラバラで、矛盾ばかりだ。

足元に視線を落とし、胸元にあるネクタイを強く掴んだ。不安定な場所に立っているようで、フラフラ……目眩に似たものに襲われる。

これ以上追究したら自分の中ですべてが崩れそうで、ゆるく頭を振って思考をシャットダウンさせようとした。

嫌だ。怖い。もう……考えたくない。

そうして自衛しようと必死になっていると、御園の手が喬一の頭を掴み、顔を上げさせられた。

紫紺の瞳と数十センチの距離で視線が絡む。御園は馬鹿にしたような笑みを消して、真顔で喬一を見据えている。

視線を……逸らせない。御園の目が逃がしてくれない。

生まれてこのかた感じたこともないほど頼りない気分になっている自分が、どんな表情を浮かべているのかわからなくて、震えそうになる奥歯を強く噛み締めた。

ふっ……と。唐突に、御園が頬を緩ませる。

「喬一。一言でいい。どうしたいのか言えよ」

「どう……？」

これまで自分に向けられたことのない、優しいと形容しても差し支えのない御園の表情に、目を泳がせた。

どうしたい？　自分は、どうしたいのだろう。なにをどうするつもりで、こうして御園の前に立っているのだろうか。

「素直に言えたら、俺がおまえの望みを全部叶えてやる」

「……」

「飼い主の責任として、一生面倒を見てやるよ。狩野と御園、双方にとって悪いようにはしない。おまえも、決して肩身が狭いなどと感じないように……うまく立ち回ってやる」

この男は、なにを言っている？

混乱するばかりの喬一は、ゆっくりと首を左右に振った。

望みを口にしたことなど、ない。我欲に駆られて、どんなものでも『欲しい』と望んではいけないと教えられてきた。

だから喬一にとって、自分の望みを口に出すことはとてつもなく怖かった。

「ほら……言え、って」

「ッ！」

スーツの襟元から差し込まれた手が、シャツ越しに胸元を探ってくる。指先で胸元にある装飾を辿られて、ビクッと身体を震わせた。

ジンジンと痺れるような……快感だと、もう認めるしかない。

「愛玩動物のように、ただ可愛がられたいと望んだことはないか？」

愛玩動物のように、だと？

存在するだけで愛されることを、望んだことは……ない。絶対にあり得ないと、わかっているから。

でも……そうだ。

そこに在るだけで許される、無条件に可愛がられるのであれば、無駄に虚勢を張ったり他人から恨みを買ったりすることもないはずだ。

ただひたすら腕の中に囲われて愛されるのは、どんな気分だろう。

これまで築き上げてきたものが、揺らぐ。

喬一は、自分が御園の言葉に乗せられそうになっていることに気づき、深呼吸で平静を取り戻そうとした。

「そ、んな……下手な暗示で俺を惑わそうと」

「くっ。この期に及んで、まだ意地を張ろうとするか。本当のおまえは、淋しがりで脆くて……可愛いよ」

「ぁ……」

シャツのボタンを一つだけ外し、指先で細いチェーンを軽く引っ張られる。その瞬間ザッと肌が粟立ち、膝から力が抜けた。

縋りつくようにして、御園の腕に身体を預ける。

小柄でも、可愛いという形容詞が似合うわけでもない。そんな自分を、難なく受け止めて支え……臆面もなく『可愛い』と口走るこの男は、目がどうかしているのではないだろうか。

似合わないことなどわかりきっている言葉を聞かされて、変に心臓の鼓動を乱している自分も……。

「自分の口で言え。……可愛く言えたら、当初の予定どおり嫁に貰ってやる。アレは、見合いのつもりだったんだろ？」

料亭での顔合わせを『御園との見合い』だと誤解していたことを引き合いに出されて、茶化す言い方をする。

やはり憎たらしい。悪趣味なことに、そうしてわざわざ喬一の神経を逆撫でしようとしているのだ。

なのに、どうして肩に回された腕を振り解けないのだろう。

「一生に一度くらいは、素直にならないといけない場面もあると思うぞ」

素直に。

最近、どこかで耳に入れたセリフだ。誰に言われたものだったか……記憶を探り、思い出した。

世浬に告げられたものだった。『未来』を見通す彼が口にした言葉を、御園に聞かされる。これは偶然だろうか。

素直になれば、なにかが変わる？

物心ついて以来、自らの感情を押し殺すように教育されてきた喬一には想像もつかない。

でも、もし……我を通すことが許されるのなら。

世浬に言われたからでも、御園に言われたからでもない。喬一はそう自分に言い訳をしながら、迷いを残しつつ口を開いた。

「貴様に『素直になれ』などと、言われる筋合いはない。……どうしてもそうしたいのなら、面倒を見させてやってもいいが」

途中から目を合わせていられなくなり、紫紺の瞳から視線を逸らして、しどろもどろに言い返した。

なんとも形容し難い沈黙が流れる。御園がどんな顔をしているのかわからなくて、ただひたすら心臓が鼓動を速める。

「っ、く……っ、クックッ、それのどこが可愛いんだ？　まぁ、少なくとも俺にとっては、可愛いと思えなくもない態度だな」

微妙な言い回しに続き、スッと眼鏡を取り上げられる。途端に視界が薄ぼんやりとして、現実感が同じくらい遠のいた。

「おまえのそういうところも、気に入ってる。従順なだけの人間など面白みがない。睨みつけてくるのを組み伏せて、泣かせるのも堪らないな」

「恥知らずな……ッ」

カッと首から上が熱くなった。勝手なことばかり言う御園から離れようと身動ぎしかけたところで、唇を塞がれる。

キスという色っぽい雰囲気ではなく、単に喬一の言葉を封じるだけのものだ。

「……強引に、それくらいしなければ、おまえを手に入れられない」

唇を離した御園は、喬一の頬を両手で包んでポツリと零した。

真摯な瞳だ。茶化す口調ではない。

強引に縛りつけてでも……と。

誰かから強く求められることなど、これまでなかった。利用価値がなくなれば、生家からも捨てられる存在だとばかり思っていた。

独占欲で、息もつけないほどがんじがらめにされたいわけではない。自由を奪われるなど、ごめんだ。

でも、どんなことをしても手に入れたいと望まれるのは、誤魔化しようもなく心地いいものだった。

この男には、いつも……自分の中に潜んでいた危うい願望を引きずり出されて、突きつけられる。

「傷物にした責任は、きちんと取れ」

渋々答えて、御園の手の上に自分の手を重ねる。

「ふ……了解した」

一瞬目を瞠った御園は、表情を和らげてゆっくりと唇を寄せてきた。

喬一はもう逃れようとすることなく、そっと瞼を閉じた。

□□□

いくつか疑問が残っている。終わりよければ……とばかりに有耶無耶《うやむや》にするのは、性に合わない。

眠っていても精悍な、嫌味としか言いようのないほど端整な伊達男の顔をジッと見ていた喬一は、手を伸ばして鼻を摘んだ。

息苦しくなったのか、御園は眉を顰めて瞼を震わせる。目を開き、喬一と視線を合わせるなり、

「亭主は優しく起こすべきだろう」

と、ふざけた言葉を口にする。

寝起きのクセに、よくぞそうして咄嗟に冗談が出るものだ。

反射的に憎まれ口を叩こうとした喬一だったが、残っている疑問の解決を優先することにした。

「聞きたいことがある」

「あー……？　ソレの外し方は、トップシークレットだからな」

胸元を指差されて、ギュッと眉を寄せた。

確かに、それも気になることではある。しかし、せっかく忘れたふりをしていたのだから掘り返さないでもらいたい。

文句を言ってやろうかと喉元まで込み上げてきたけれど、本来の目的を忘れてしまいそうなので辛うじて飲み込んだ。

「とりあえず、今はソレではない。まず一つ。……ドイツでの、あの二人の態度はなんだ。身内……兄ではないのか？」

ドイツという言葉が喬一の口から出た途端、上機嫌だった御園は渋い表情を浮かべる。それでも疑問を黙殺することなく、仕方なさそうに言い返してきた。

「ああ……まぁ、遺伝子上では、兄弟だ。末っ子で、もともと継承権のない俺は母方の御園に養子に出たから、奴らにとっては身内ではない。由緒正しいレオンベルガーを名乗る存在ではなくなったからな」

本人は淡々と語ったけれど、喬一は御園の言葉に理不尽さと気分の悪さが湧いてきた。

同時に、奇妙な既視感のようなものも覚えた。

まるで……北斗に対するかつての自分の態度を、外野から見せられているかのようだ。

「初めは、意地の悪い思いからだった。……漏れ聞こえてくる噂では、あの兄たちに似た人間が失脚した。プライドをへし折られて、さぞ消沈しているだろうと……哀れな姿を拝んでやるかってな」

「……」

つまり、喬一に兄を重ねて、嘲笑ってやろう……と。

わざわざ自分を料亭に呼び出した本来の目的は、ソレか。余裕綽々《よゆうしゃくしゃく》に見えた御園も、兄らに対する感情は複雑で屈折しているようだ。

「おかげで、この有様だ。思いどおりになって、満足か」

今の喬一は、精神的にも、きっと肉体的にも……御園の思うままだ。認めるのは癪だが、完全に囚われている。

卑屈になるつもりではなかったけれど、ポツリと零したつぶやきに苦いものが滲み出てしまった。

御園に対する皮肉というより、自嘲の念がたっぷり込められている。

喬一と目を合わせた御園は、唇の端をほんのり吊り上げて「馬鹿」と失敬な単語を口にする。

「初めは、と言っただろう。実際に逢ってみると、想像とは随分と違っていたからな。傷ついてなんかいないと必死で顔を上げて……気高さが痛々しいくらいで、どうしようもなく可愛かった。どんな手段を使っても、欲しくて堪らなくなった。歪んだ愛か？」

「あ……っ、恥ずかしげもなく、そのような単語を口にするな。やはり貴様は日本人ではないな」

近づいてきた端整な顔を、片手で押し返して背中を向ける。

今、御園に顔を見られるわけにはいかない。首から上だけでなく、身体中が熱くなってきた。

早く静まれ……と唇を噛んでいたら、不意に背後からうなじに吐息を感じて全身を強張らせる。

「ア、……ッ、やめ、ろっ」

やんわりと唇を押しつけられたかと思えば、強く吸いつかれて肩を震わせた。焦って逃げようとしたところで、長い腕が絡みついてきて抱き込まれる。

密着した背中、素肌で感じる御園の体温が熱い。

「おまえ、うなじまで真っ赤だぞ。朝から誘ってんのか？　まぁ……応じるのも、やぶさかではない」

「誰が、誘ってなど……っ。日本語が不自由なくせに、小賢《こざか》しい言葉を使うなっ！」

もう、ワケがわからなくなってきた。

気恥ずかしいような、むず痒いような……こんな心地になったことなどないので、どうすれば治まるのかもわからない。

混乱のまま、御園の腕の中で身体を緊張させ続けた。

「つとに、堪んねぇなぁ」

ふっと嘆息した気配。

続く、思わず、といった雰囲気でつぶやかれた御園の声は、耳を塞ぎたくなるほど甘ったるくて……それを不快に思わない自分が、なにより許しがたい。

どうにかして場の空気を変えたくて、しどろもどろに言葉を発した。

「あ、あの子はどうする気、だ」

「あの子？」

「御園、凛華」

好きにしろ、と。見合いを仕組まれたことは、根に持っているわけではない。ただ、従兄である御園に一途……というには激しい想いを寄せていた彼女を思い出せば、申し訳ない気分になる。

そんなふうに喬一に思われていると知れば、あのプライドの高そうな気の強い少女は「同情は無用」と、ますます自分を嫌いそうだが。

「ああ、凛華か。まぁ……下手な誤魔化しは無理だろう。正直に顛末を話すか。頭の回転も勘もいいから、当て馬に使われているのはわかっていただろ。ただ、気が強いからなぁ。反撃できないのをいいことに喬一をイジメそうだ」

一回りも年下の、十八の少女に『イジメられる』自分を想像すると、薄ら寒いものを感じる。

それも、あり得ないと笑い飛ばせないから厄介だ。

「本質の部分では、貴様と同類だ。恐ろしく似ている」

「……かも、な。そうだ、おまえの弟、次男と逢わせてみるのはどうだ？『御園』と『狩野』の組み合わせには変わりない」

「俺がダメなら、弟ってか。短絡的だな」

凛華と雅次か。

性質的には、まるで水と油……と眉を顰めたけれど、意外にも合わないわけではないのでは、という気分になってきた。

軽いようでいて、意外なほど気配りのできる雅次。気が強く、頭の回転のよさそうな凛華。

本人たちの意見も聞かずに決めつけるのはよくないと思うが、並んだところを想像したら、微笑ましいカップルに見えなくもなさそうだ。

「そう、だな。……ドレッシングも、本来原料的には混ざり合うものではないし。予想外にプラスの反応が生じる可能性も、無きにしも非《あら》ずか」

「ドレッシング？　腹でも減ってるのか？」

御園の手が腹を撫でてきて、くすぐったさに首を竦ませた。喬一が拒絶しないせいか、調子に乗って下腹部へと移動しかけた手の甲を叩く。

「やめろ、馬鹿。朝から貴様につき合っていたら、体力がもたん。もう若くないんだ」

「年寄りぶるな。……それより、ずっと気になっていたんだが……その『貴様』呼ばわりはやめないか？　俺の名前、知らないわけじゃないよな？」

「当然だろう。俺の記憶力を馬鹿にしているのか」

暗に、ファーストネームで呼べと求められているのだとわかっていたけれど、惚けて気づかなかったふりをした。

今更、御園をファーストネームで呼べるわけがない。まるで、ものすごく深い関係になったみたいではないか。

「喬一って、変なところで奥ゆかしいよなぁ。おまえの身体で、知らないところなんてないくらいなのに……名前を呼ぶくらいで照れるか？」

「妙な言い回しをするなっ！」

込み上げてきた憤りを力に変えて、今度こそ恥知らずな男の腕から逃れた。首から上が熱いのは、怒りのせいだと自分に言い訳をする。

ベッドを下りると、御園に背中を向けたまま手早く服を拾って身に着けていく。

「なんだよ。そんなに急いで帰り支度をしなくても……せっかくの日曜なのに。朝飯くらいは食っていくだろ？」

ベッドに転がったまま、のん気なことを口走っている御園を振り返る。ネクタイを巻きつけながら、ジロッと睨みつけた。

「祖父は、俺が凛華さんと逢っていたことを知っているんだ。朝食の席に顔を出さず、妙な関係になっていると邪推されるのは冗談じゃない」

「あのジイさんは適当に丸め込むから、心配するな。……ベッドに戻れって、喬一」

シャツを掴まれて、ベッドに引き戻される。結んだばかりのネクタイを解かれて再び着衣を乱されそうになり、身体を捩った。

「いい加減にしろっ、有仁！」

どさくさに紛れて名前を口にする。すると、御園は見事に反応してピタリと動きを止めた。

「あ、すげぇいい響き。……おまえな。その顔は反則だろ。つられて、こっちまで妙な感じになる」

「その顔とはなんだ」

見下ろしてくる御園の目から顔を背けながら、意識して硬い声で言い返した。

その顔？　自分は今、どんな顔をしている？

想像もつかないし、知りたくもない。ただ、変に落ち着かない気分になっていることだけは確実だ。

「ま、いい。もう少しだけ、くっついていよう？」

「……少しだからな。休日であっても、自堕落な生活態度は」

「わかったって。頼むからちょっと黙ってろ」

「な……ッ、ン！」

前髪を掴むようにして、背けていた顔を正面に戻される。乱雑な仕草に文句を言いかけたところで、唇を重ねて言葉を封じられた。しゃべりかけていたせいで開いていた歯列を割って、潜り込んできた舌が口腔の粘膜をくすぐる。

誘われるまま舌先を触れ合わせると、喬一はおずおずと腕を上げて御園の背中に手を回した。

「ン……」

甘やかすように、宥めるように……優しい感情ばかりが伝わってくる口づけは、心地いい。頭の芯が、ふわふわと……甘く痺れるようだ。

こうして、御園に囚われることを許すのか。囚われ、縛りつけられても、本当にいいのか……そう自問する。

広い背中を抱く腕が、とっくに答えを出していることは、喬一自身だけが気づいていなかったけれど。

あとがき

こんにちは、または初めまして。真崎ひかると申します。あとがきからお目を通している という方も、本文を経てここに辿り着かれたという方も、『囚縛花嫁』をお手に取って くださってありがとうございました!

こちらは、一応『虜囚花嫁』という文庫のスピンオフという形になります。

今回チラリと出てきた、世浬と狩野家の三男北斗のお話なので、『虜囚花嫁』をご存じなくてもまったく問題はないのですが、並べてお目を通していただけましたらとっても嬉しいです。

……ええと、『虜囚』では喬一が傲慢かつ偉そうに振る舞っています。前作からすれば、今回は随分と可愛らしく(?)変貌したのではないかと自負していますが……いかがでしょうか。

前作『虜囚花嫁』に続きまして、今回もとっても格好良くて色っぽいイラストをくださった、わたなべあじあ先生。本当にありがとうございました！　お世話になりました。当初、攻キャラだったはずの喬一を凌ぐ傲岸不遜な攻氏である御園が、すっごく男前でドキドキします。スーパー攻サマに感激です。喬一も、ツンデレクールビューティーで素敵です。

またしても大変なお手数とご迷惑をおかけしました、担当M様。お世話になりました。申し訳ございません……そして、ありがとうございました。

ここまでおつき合いをくださった方にも、感謝感謝です。ほんの少しでも楽しんでいただけましたら、なによりの幸いです！

それでは、バタバタと慌しくですが失礼します。またどこかでお逢いできますように。

二〇一一年　今年は梅雨の訪れが早いです　真崎ひかる

プリズム文庫をお買い上げいただきまして
ありがとうございました。
この本を読んでのご意見・ご感想を
お待ちしております!

【ファンレターのあて先】
〒153-0051 東京都目黒区上目黒1-18-6 NMビル
(株)オークラ出版 プリズム文庫編集部
『真崎ひかる先生』『わたなべあじあ先生』係

囚縛花嫁

2011年 8月23日 初版発行

著　者　真崎ひかる

発行人　長嶋正博
発　行　株式会社オークラ出版
〒153-0051 東京都目黒区上目黒1-18-6 NMビル
営　業　TEL:03-3792-2411 FAX:03-3793-7048
編　集　TEL:03-3793-8012 FAX:03-5722-7626
郵便振替　00170-7-581612(加入者名:オークランド)
印　刷　図書印刷株式会社

ISBN978-4-7755-1729-1　Printed in Japan